westermann

PIXEL & CO.

Informatik in der Grundschule

Arbeitsheft

Autorenteam

Katja Köhler

Ute Schmid

Lorenz Weiß

Katharina Weitz

unter Mitarbeit der Verlagsredaktion

Inhalt

Modul: Binäre Repräsentation

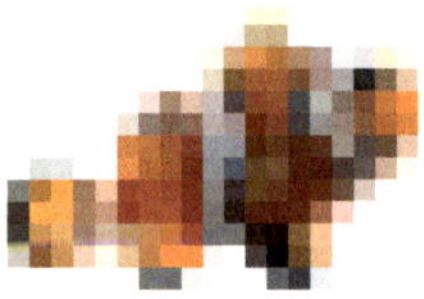

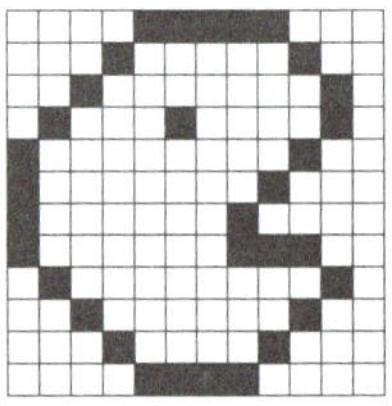

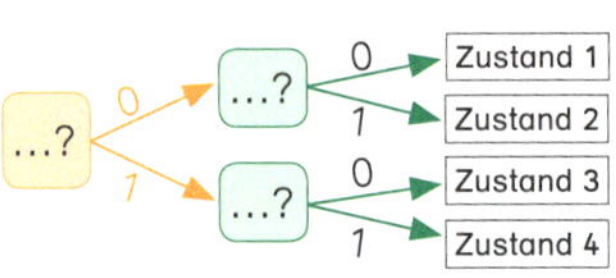

Code	Zustand
00	Zustand 1
01	Zustand 2
10	Zustand 3
11	Zustand 4

Modul: Computer

Mia

Linus

E	V	A
Eingabe	Verarbeitung	Ausgabe

Modul: Algorithmen und Programmieren

Position	1.	2.	3.	4.	5.
Start	5	1	6	8	2
1. Schritt	5 ⇔	1	6	8	2
2. Schritt	1	5 ⟷	6	8	2

Starte bei A
gehe zwei Schritte geradeaus
sage Hallo
WIEDERHOLE 3 -MAL
gehe einen Schritt geradeaus
drehe dich nach rechts

1 Pixel

1 Ingos und Mias Bilder zeigen beide ein Schaf. Was fällt dir auf?

2 a) Hier siehst du vergrößerte Ausschnitte aus den Bildern von Ingo und Mia. Aus welchem Bild kommt der Ausschnitt? Kreuze an.

A

Ingo Mia

B

Ingo Mia

C

Ingo Mia

D
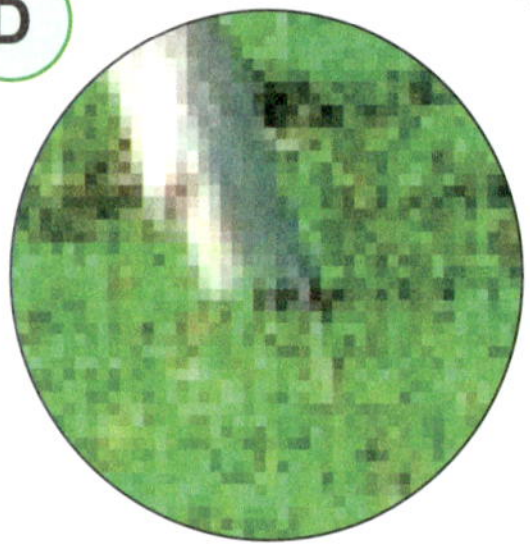
Ingo Mia

b) Vergleiche die Ausschnitte B und D. Welche Beschreibungen passen? Kreuze an.

Pinselstrich zu sehen B D

Bild ist digital B D

Quadrate zu sehen B D

handgemaltes Bild B D

welliges Papier B D

kräftige Farben B D

Bild ist analog B D

c) Fallen euch noch weitere Unterschiede auf? Erzählt.

Digitale Bilder aus Pixeln

Als **Pixel** bezeichnet man den kleinsten Teil eines digitalen Bildes.
Pixel ist das englische Wort für Bildpunkt oder Bildelement.

Ein Pixel wird meistens als Quadrat dargestellt.
Die Seitenlänge des Quadrats kann ganz unterschiedlich sein.
Auf dem Computerbildschirm wird alles, egal ob es ein Text ist oder ein Bild, mit Pixeln, also Bildpunkten, dargestellt.
Wenn ganz viele Bildpunkte ganz dicht nebeneinander und untereinander stehen, macht unser Gehirn daraus ein Gesamtbild.

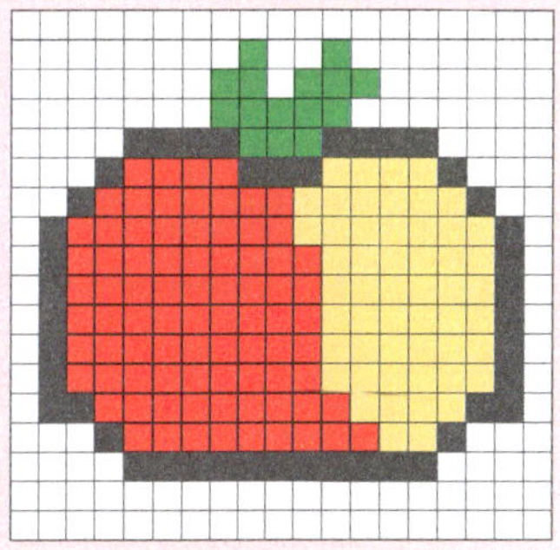

In dem Beispiel erkennen wir einen Apfel.
In Wirklichkeit sind es aber nur rote, gelbe, grüne und graue Quadrate.

1 Lies den Text sorgfältig. Trage ein.

a) Ein Pixel nennt man auch einen ______________________.

b) Ein Pixel wird meistens in Form eines _________________ dargestellt.

2 Stimmen die Aussagen? Kreuze an.

	richtig	falsch
a) Auf dem Computerbildschirm werden Bilder mit Pixeln dargestellt.		
b) Das Gehirn zerlegt Gesamtbilder immer in viele Einzelpunkte.		
c) Das Gehirn macht aus vielen Einzelpunkten ein Gesamtbild.		

3 Was erkennst du auf den Pixel-Bildern? Verbinde.

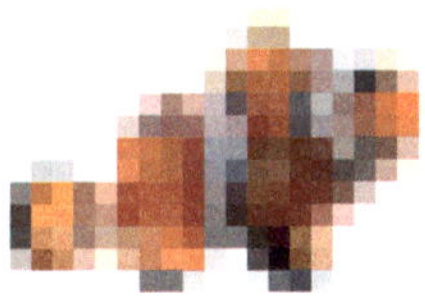

Bananen

Katze

Kirsche

Fisch

Apfel

Elefant

1 Hier sind digitale Bilder normal und pixelig abgebildet. Was gehört zusammen? Trage ein.

A

B

C

1

2
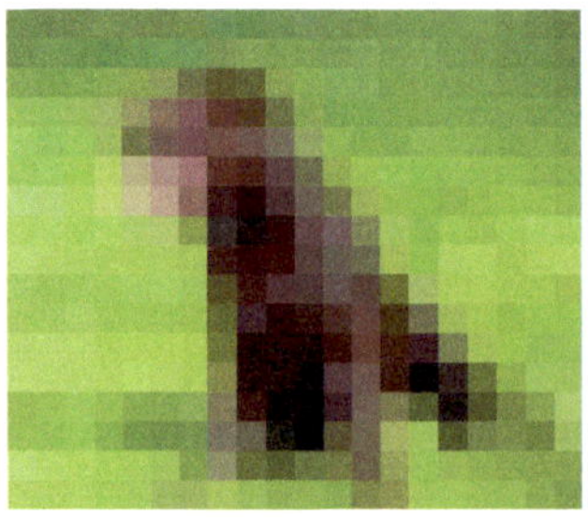
3

Das gehört zusammen: A ◯ B ◯ C ◯

2 Hier sind digitale Bilder normal und pixelig abgebildet. Was gehört zusammen? Trage ein.

A

B

C

1

2

3

Das gehört zusammen: A ◯ B ◯ C ◯

Bildschärfe und Auflösung

Wenn man für ein digitales Bild nur wenige Pixel verwendet,
kann man nicht so viele Einzelheiten erkennen. Das Bild ist **unscharf**.
Es hat eine **niedrige Auflösung**.
Je mehr Pixel man für das digitale Bild verwendet,
desto besser kann man Einzelheiten erkennen.
Wenn man alle Einzelheiten sehr gut erkennen kann, ist das Bild **scharf**.
Es hat dann eine **hohe Auflösung**.

Beispiel:

hohe Auflösung
Bild scharf

niedrige Auflösung
Bild unscharf

1 Welche Bilder haben eine hohe Auflösung, welche eine niedrige Auflösung? Verbinde.

hohe Auflösung – Bild scharf

niedrige Auflösung – Bild unscharf

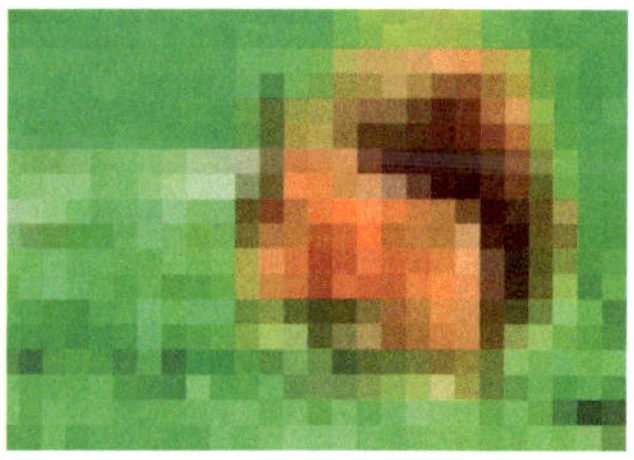

2 Welcher Begriff passt? Trage ein. Zwei Begriffe bleiben übrig.

höher, niedriger, schärfer, unschärfer

a) Je mehr Pixel ich bei der Darstellung eines Bildes am Computer nutze,
desto ________________ ist das Bild.

b) Je weniger Pixel ich bei der Darstellung eines Bildes am Computer nutze,
desto ________________ ist die Auflösung.

1 Linus hat ein Bild gezeichnet. Stelle es wie auf dem Computer dar.
Male dazu jedes Pixelfeld schwarz, in dem ein Teil des Bildes zu sehen ist.
Es gibt verschiedene Raster.

A

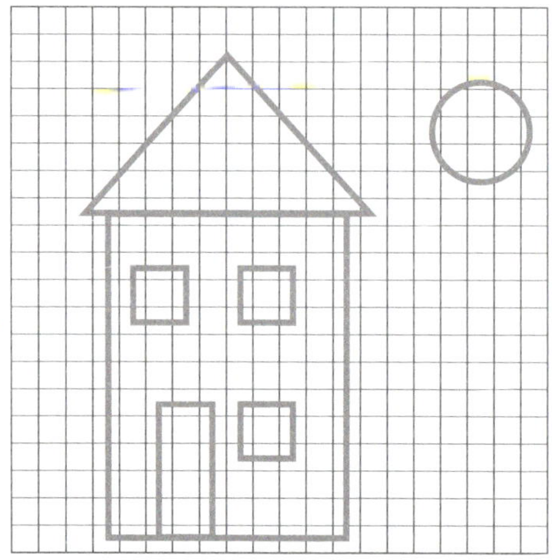

B

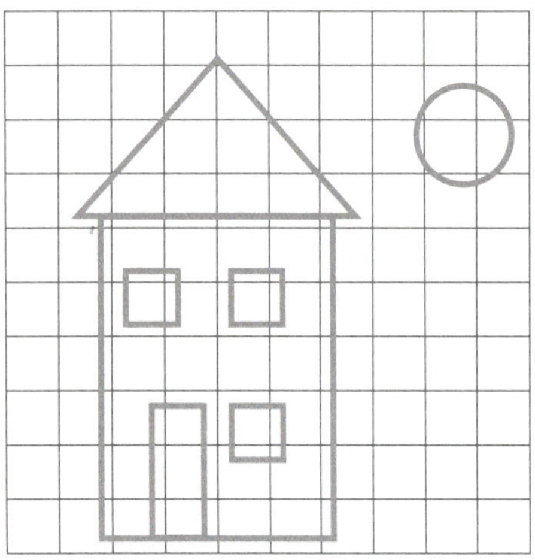

C

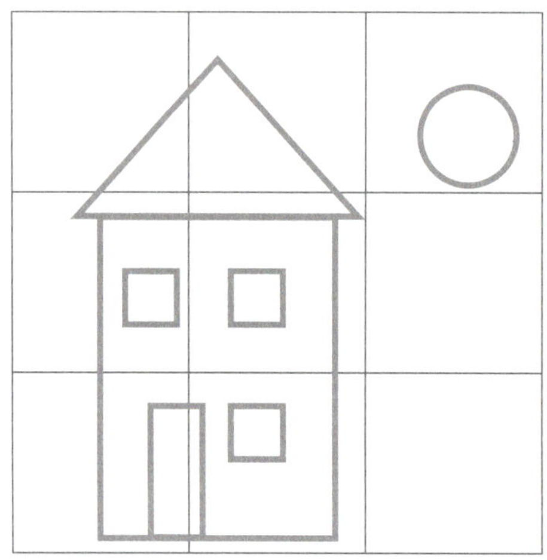

Bis zu welchem Raster kannst du das Bild noch erkennen? bis Raster ◯

2 Wie viele Pixel sind es?

a) Raster **B**

in jeder Zeile jeweils ____ Pixel
in jeder Spalte jeweils ____ Pixel
insgesamt ____ Pixel

b) Raster **C**

in jeder Zeile jeweils ____ Pixel
in jeder Spalte jeweils ____ Pixel
insgesamt ____ Pixel

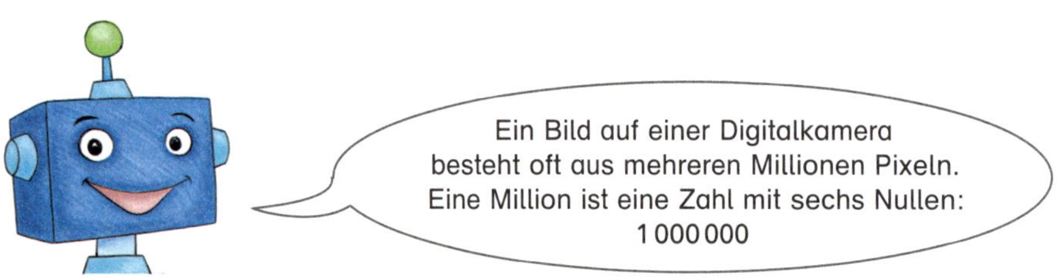

1 a) Male jedes Pixelfeld schwarz, in dem ein Teil des Bildes zu sehen ist.

A

B

C

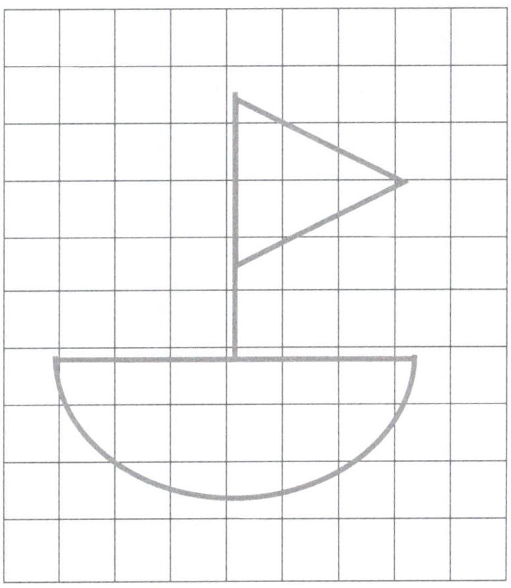

D

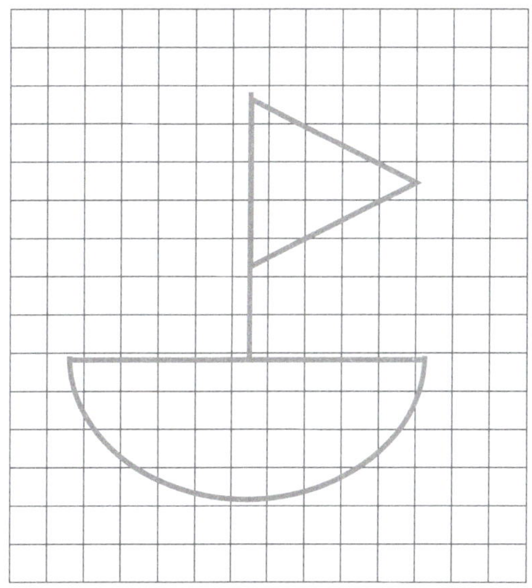

E

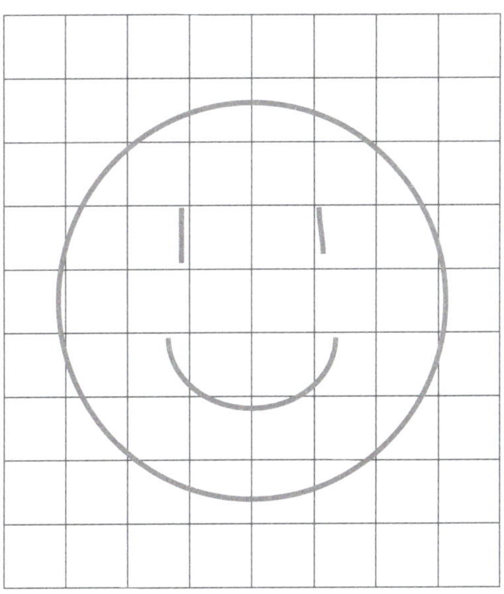

F

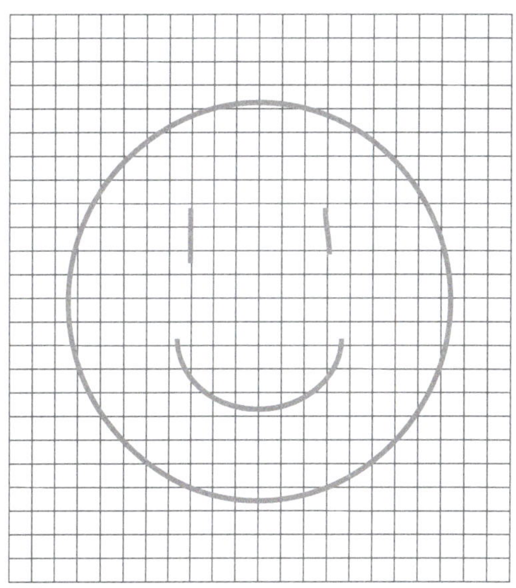

b) Welches Raster hat die meisten Pixel? Raster ◯

1 In den Rastern sind die Felder mit 0 und 1 beschriftet.
Male alle Felder, in denen eine 1 steht, schwarz aus.
Lass alle Felder, in denen eine 0 steht, weiß. Welches Motiv entsteht?
Vermute zuerst, male dann aus. Kreuze die richtige Antwort an oder trage sie ein.

A

0	0	1	0	0
0	1	1	1	0
1	1	1	1	1
1	1	0	1	1
1	0	0	0	1

◯ Torbogen ◯ Eistüte

B

1	1	0	1	1
1	1	0	1	1
0	0	0	0	0
1	0	0	0	1
0	1	1	1	0

◯ Hochhaus ◯ Gesicht

C

0	0	1	0	0	0	0	0
0	0	1	0	0	0	0	0
0	0	1	0	0	0	0	0
0	0	1	0	0	0	0	0
0	0	1	1	1	1	0	0
0	0	1	0	0	1	0	0
0	0	1	0	0	1	0	0
0	0	1	0	0	1	0	0

◯ Schrank ◯ Stuhl

D

0	0	0	0	0	0	0	0
0	0	0	1	0	0	0	0
0	0	1	1	1	0	0	0
0	1	1	1	1	1	0	0
0	0	0	1	0	0	0	0
1	0	0	1	0	0	0	1
1	1	1	1	1	1	1	1
0	0	1	1	1	1	0	0

◯ Anker ◯ Auto

E

0	0	0	1	1	1	1	0	0	0
0	0	1	1	0	0	1	1	0	0
0	0	1	0	0	0	0	1	0	0
0	0	1	0	0	0	0	1	0	0
0	1	1	0	0	0	0	1	1	0
0	1	1	1	1	1	1	1	1	0
0	1	0	0	0	0	0	0	1	0
0	1	0	0	0	0	0	0	1	0
0	1	0	0	0	0	0	0	1	0
0	0	0	0	0	0	0	0	0	0

Buchstabe ____

F

0	0	0	0	0	0	0	0	0	0
0	1	1	1	1	1	1	1	1	0
0	0	0	0	0	0	0	1	0	0
0	0	0	0	0	0	1	0	0	0
0	0	0	0	0	1	0	0	0	0
0	0	0	0	1	0	0	0	0	0
0	0	0	1	0	0	0	0	0	0
0	0	1	0	0	0	0	0	0	0
0	1	1	1	1	1	1	1	1	0
0	0	0	0	0	0	0	0	0	0

Buchstabe ____

2 Erstellt eigene Pixelbilder mit 0 und 1. Lasst die Motive vorm Ausmalen raten.

1 Erstellt eine Vorlage für ein großes Pixelbild für ein Fenster im Klassenzimmer. Zeichnet dazu ein großes Pixelbild.

2 Erstellt Pixelbilder und übertragt sie. Schmückt euer Klassenzimmer damit.

Pixel-Kunst: Pixelbilder mit Post-Its am Fenster nachbauen. Es gibt Programme, die Bilder in Pixelvorlagen umwandeln.

Übertragung von schwarz-weißen Bildern auf den Computer

Wird ein Bild auf den Computer übertragen, wird es in einem Raster mit Pixeln dargestellt. Das Raster kann man sich wie ein kariertes Blatt vorstellen.
Man wählt die Kästchengröße so, dass man viele Informationen des Bildes behalten kann. Je kleiner die Kästchen sind, desto mehr Kästchen hat man bei gleicher Größe des Blattes zur Verfügung.

Malt man eine Linie von links oben nach rechts unten in ein Raster mit 4 · 4 Kästchen, erhält man diese Darstellung.

Beispiel:

Um das Bild auf den Computer zu übertragen, schreibt man für jedes schwarze Feld eine 1 und für jedes weiße Feld eine 0 ins Raster.

1	0	0	0
0	1	0	0
0	0	1	0
0	0	0	1

Für die Übertragung werden die Ziffern Zeile für Zeile durchgegeben.

1000 0100 0010 0001

Diese Information nutzt der Computer, um daraus wieder ein Pixelbild mit vier Zeilen und vier Spalten zu bauen.

Dieses Prinzip der Speicherung und Übertragung von Bildern haben sich Wissenschaftlerinnen und Wissenschaftler schon vor fast 100 Jahren ausgedacht.

1 Lies den Text oben sorgfältig durch. Überprüfe die Aussagen. Kreuze an.

	richtig	falsch
a) Wenn man ein Bild auf den Computer übertragen will, muss man es zuerst in einem Raster mit Pixeln darstellen.		
b) Je größer die Kästchen sind, desto mehr Kästchen hat man bei gleicher Größe des Blattes zur Verfügung.		
c) Wissenschaftlerinnen und Wissenschaftler haben sich das Prinzip der Speicherung und Übertragung von Bildern ausgedacht.		

2 Ordne die Ziffernfolgen den Pixelbildern zu. Trage ein.

A 

B 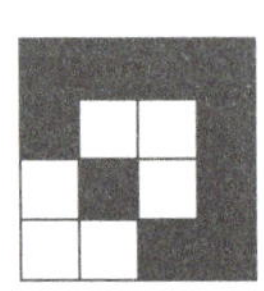

C 

1 1111 1001 0101 0011

2 0110 1111 1111 0110

3 1100 1010 1001 1111

Das gehört zusammen: A ◯ B ◯ C ◯

3 Schreibe zu den Pixelbildern erst die Darstellung mit 0 und 1. Notiere dann die Ziffernfolge für den Computer.

a) 

1	1	0	0
0	1		

Ziffernfolge: 1 1 0 0 0 1 _ _ _ _ _ _ _ _ _ _

b) 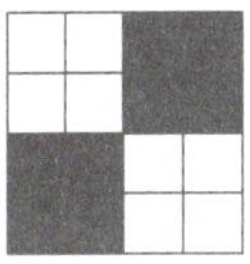

Ziffernfolge: _ _ _ _ _ _ _ _ _ _ _ _ _ _ _ _

c) 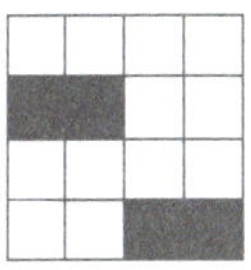

Ziffernfolge: _ _ _ _ _ _ _ _ _ _ _ _ _ _ _ _

4 Zeichne ein eigenes Pixelbild. Schreibe die Ziffernfolge für den Computer.

Ziffernfolge: _ _ _ _ _ _ _ _ _ _ _ _ _ _ _ _

5 Zeichne zu den Ziffernfolgen die Pixelbilder.

a) Ziffernfolge:
0001 0011 0111 1111
Bild:

b) Ziffernfolge:
1111 0110 0110 1111
Bild:

c) Ziffernfolge:
0000 0110 0110 0000
Bild:

d) Ziffernfolge:
0010 0010 1110 1010
Bild:

6 Schreibe eine eigene Ziffernfolge. Zeichne dann das Pixelbild.
meine Ziffernfolge:

_ _ _ _ _ _ _ _ _ _ _ _ _ _ _ _

mein Bild:

5 Die Felder können direkt schwarz gefärbt werden. Als Hilfe kann das Kind aber auch zuerst 0 und 1 in das Raster übertragen und dann die Felder mit 1 ausmalen.

1 Bei großen Pixelbildern ist die Ziffernfolge sehr lang.
Damit es übersichtlich bleibt, kannst du die Zahlen für jede Reihe nebeneinander und die für die einzelnen Reihen dann untereinander schreiben.
Übertrage die Ziffernfolge auf das Raster. Was erkennst du? Kreuze an.

a)
0 1 0
0 1 0
0 1 0

◯ Buchstabe I
◯ Buchstabe O

b)
1 0 0 0
1 1 0 0
1 1 1 0
1 1 1 1

◯ Aufzug
◯ Treppe

c)
0 0 0 0 1 0
0 0 0 0 1 0
0 0 0 0 1 0
0 0 1 1 1 0
0 0 1 0 1 0
0 0 1 0 1 0

◯ Stuhl
◯ Lokomotive

d)
1 1 1 1 1 1 1 1 1 1
1 0 0 0 0 0 0 0 0 1
1 0 0 1 1 1 1 0 0 1
1 0 1 0 0 0 0 1 0 1
1 0 1 1 1 1 1 1 0 1
1 0 1 0 0 0 0 0 0 1
1 0 1 0 0 0 0 1 0 1
1 0 0 1 1 1 1 0 0 1
1 0 0 0 0 0 0 0 0 1
1 1 1 1 1 1 1 1 1 1

◯ Blume
◯ Buchstabe e

2 Notiere zu diesem Bild die Ziffernfolge.
Schreibe die Nullen und Einsen für jede Reihe nebeneinander und die für die einzelnen Reihen untereinander.

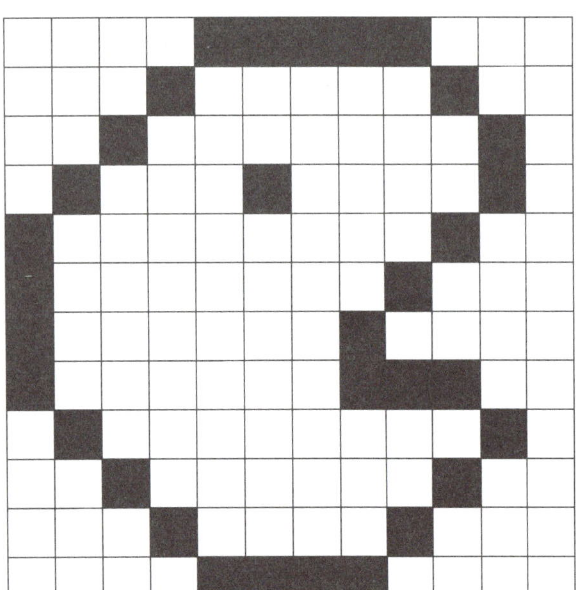

Ziffernfolge:
0 0 0 0 1 1 _ _ _ _ _ _

3 Pixeldiktat: Spielt die Übertragung eines Pixelbildes auf den Computer nach. Suche dir ein Pixelwürfelbild aus. Diktiere es Zeile für Zeile. Das zweite Kind malt. Wechselt euch ab.

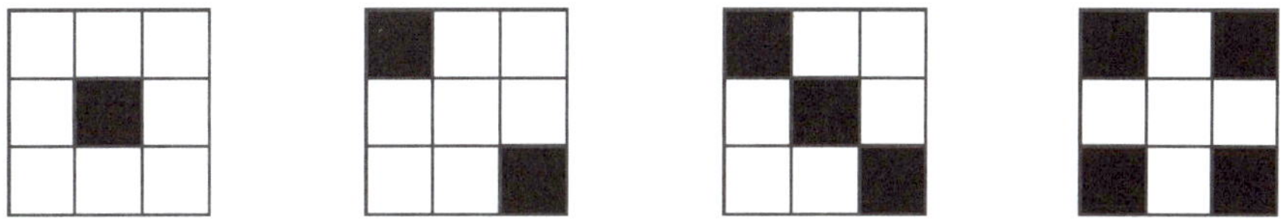

Tipps:

- Lege das Raster fest.
- Lies Zeile für Zeile vor.
- Lies von links nach rechts.
- Sprich „eins“, wenn ein Feld ausgemalt werden soll.
- Sprich „null“, wenn ein Feld weiß bleiben soll.

mein Bild:

meine Ziffernfolge:

___ ___ ___   ___ ___ ___   ___ ___ ___

diktierte Ziffernfolge:

___ ___ ___   ___ ___ ___   ___ ___ ___

diktiertes Bild:

4 Zeichne das Pixelwürfelbild der 5 ins Raster und schreibe die Ziffernfolge.

Würfelbild:

Ziffernfolge:

___ ___ ___   ___ ___ ___   ___ ___ ___

5 Pixeldiktat: Spielt die Übertragung eines Pixelbildes auf den Computer nach. Male ein Bild ins Raster und diktiere die Ziffernfolge. Das zweite Kind malt. Wechselt euch ab.

mein Bild:

meine Ziffernfolge:

___ ___ ___   ___ ___ ___   ___ ___ ___

diktierte Ziffernfolge:

___ ___ ___   ___ ___ ___   ___ ___ ___

diktiertes Bild:

3 und 5 Die Kinder können direkt beim Diktat das Bild ins Raster malen. Die Notation der diktierten Ziffernfolge kann als Hilfe genutzt werden.

1 Bilderrätsel: Hier siehst du sechs Bilder A bis F. Es sind vergrößerte Ausschnitte der in der Tabelle genannten Gegenstände. Was gehört zusammen? Trage ein.

A

B

C
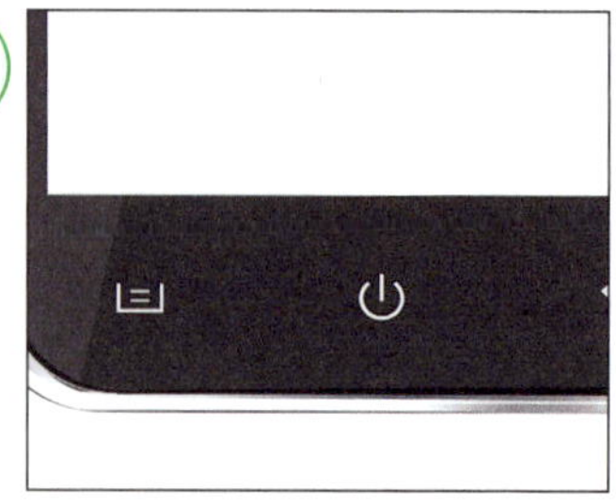

D

E

F
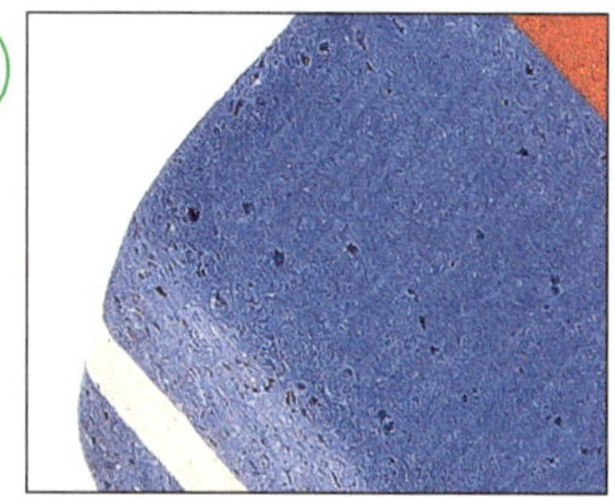

Ausschnitt aus	Lineal	Radier-gummi	Smart-phone	Heft	Schuh	Tastatur
Bild	◯	◯	◯	◯	◯	◯

2 Stelle ein Motiv mit verschiedenen Medien dar.

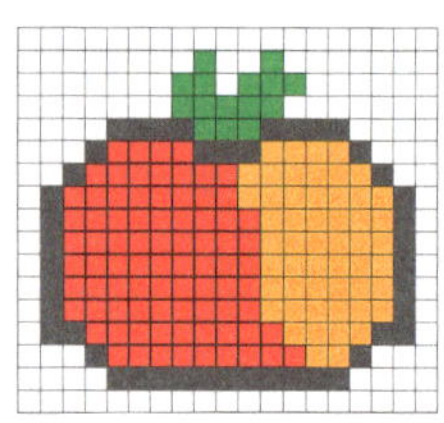

3 Zeichne Bilder direkt am Computer.

3 Es gibt verschiedene kostenfreie Malprogramme. Die Aufgabe kann entfallen, wenn kein Computer zur Verfügung steht.

Meine Fachbegriffe

hohe Auflösung, niedrige Auflösung, Pixel

1 Welcher Begriff passt zu welchem Bild? Trage ein.

Bildschirm, Eins, hohe Auflösung, niedrige Auflösung, Null, Pixel

__________ __________ __________

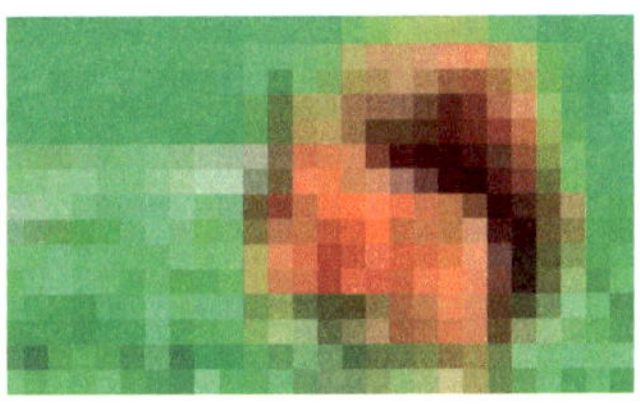  

__________ __________ __________

2 Trage die Begriffe ein. Drei Wörter bleiben übrig.

Auflösung, Eins, Kreis, mehr, Null, Pixel, Quadrat, unscharf, weniger

a) Einen Bildpunkt auf dem Computer nennt man ________ .

b) Ein Foto oder Bild mit zu wenig Pixeln ist ______________ .

c) Je mehr Pixel ein Bild hat, desto ____________ Einzelheiten kann man erkennen.

d) Meistens wird ein Pixel als ______________ dargestellt.

e) Man kann in einem Pixelbild vorgeben, ob ein Feld gefärbt werden oder weiß bleiben soll. _______ steht für weiß, _____ steht für schwarz.

3 Überprüfe die Aussagen. Kreuze an.

	richtig	falsch
a) Je weniger Pixel ein Bild hat, umso schlechter ist die Auflösung.		
b) Ein Bild, das 20 Pixel breit und 10 Pixel hoch ist, hat insgesamt 40 Pixel.		

2 Digital und analog

1 Linus und Ingo haben unterschiedliche Uhren. Was fällt dir auf?

2 Verbinde passend.

achtzehn Uhr | zwölf Uhr | halb zehn | halb zwölf | neun Uhr | halb acht

09:30 | 07:30 | 18:00 | 11:30 | 21:00 | 12:00

3 Kreise alle Uhren mit einer digitalen Zeitanzeige rot ein.
Kreise alle Uhren mit einer analogen Zeitanzeige blau ein.

Unterscheidung analog und digital

Bei einer analogen Uhr bewegen sich die Zeiger gleichmäßig fort.
Bei einer Digitaluhr kann die Anzeige nur von einer Ziffer zur nächsten springen.

Im Computer werden digitale Informationen verarbeitet und gespeichert.
In der Natur ist alles analog.

4 Hier siehst du digitale und analoge Messgeräte.
Kreise alle Messgeräte mit einer digitalen Anzeige rot ein.
Kreise alle Messgeräte mit einer analogen Anzeige blau ein.

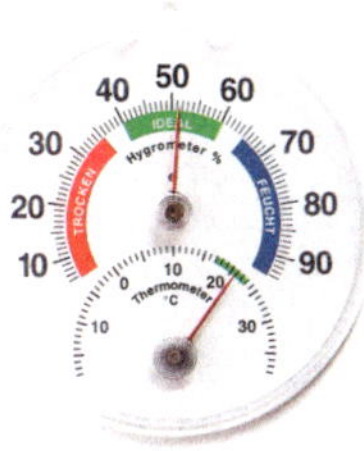

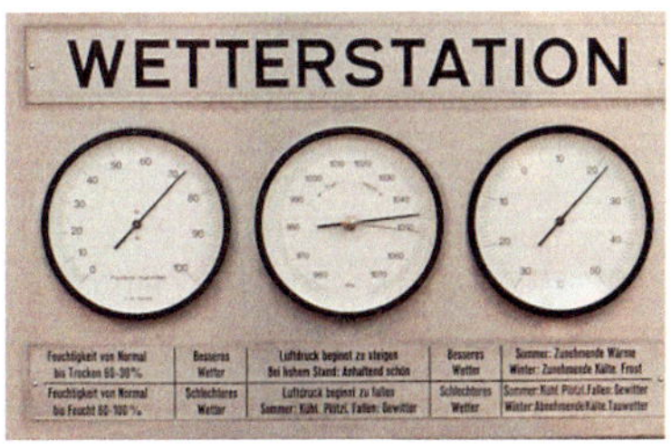

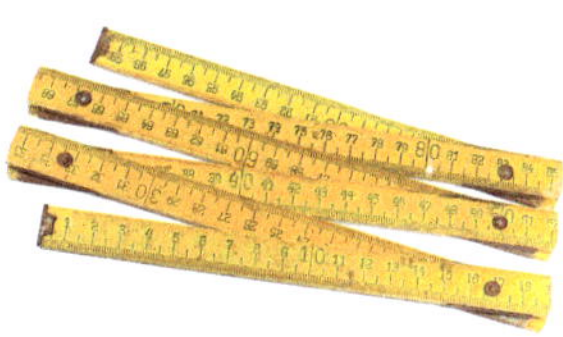

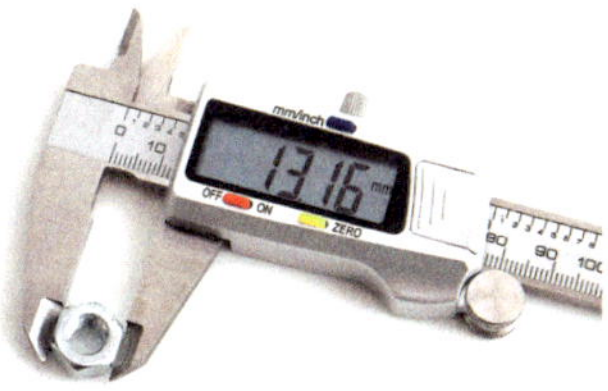

1 Es gibt verschiedene Möglichkeiten, an Informationen zu kommen. Welche Informationsquellen sind digital, welche analog? Kreuze an.

A

◯ analog
◯ digital

B

◯ analog
◯ digital

C

◯ analog
◯ digital

D

◯ analog
◯ digital

E

◯ analog
◯ digital

F

◯ analog
◯ digital

G

◯ analog
◯ digital

H

◯ analog
◯ digital

2 Welche Informationsquellen würdest du nutzen, um ein Referat über den Wald zu erstellen?
Notiere die Buchstaben der Informationsquellen aus Aufgabe 1: ____________
Gibt es weitere Informationsquellen, die du nutzen würdest?

____

Vergleicht eure Ergebnisse miteinander. Begründet eure Meinung.

Information

Wenn man von einem Menschen, aus einem Text, einem Bild, einem Film oder einer anderen Quelle etwas über ein Thema, einen Gegenstand oder einen Sachverhalt erfährt, nennt man diesen Inhalt **Information**. Die **Informationsquelle** kann analog, zum Beispiel ein Buch, oder digital, zum Beispiel eine Internetseite, sein.
Informationen können auf einem **Informationsträger** gespeichert werden. Die Speicherung kann analog, zum Beispiel als Hefteintrag, oder digital, zum Beispiel als Textdokument im Computer, erfolgen.
Das Wort Information steckt auch im Wort **Informatik**. Informatik ist die Wissenschaft von der Verarbeitung von Informationen.

3 Es gibt verschiedene Möglichkeiten, um die gesammelten Informationen festzuhalten. Welche davon würdest du nutzen? Kreise ein.
Vergleicht eure Ergebnisse miteinander. Begründet eure Meinung.

4 Ingo speichert die Informationen digital, Mia schreibt sie auf einen Notizblock.
Beide Wege haben ihre Vorteile.
Male die Vorteile des analogen Datensammelns rot an.
Male die Vorteile des digitalen Speicherns blau an.

- Man kann ohne Strom arbeiten.
- Man kann Inhalte leicht verändern.
- Man muss kein Computerprogramm bedienen können.
- Wenn es eingetippt ist, kann man es schnell an andere weiterschicken.
- Man kann das Ergebnis schnell und immer wieder ausdrucken.
- Jedes Ergebnis ist einzigartig.
- Wenn man ein Plakat selbst mit der Hand geschrieben hat, kann man sich oft besser an den Inhalt erinnern.
- Der Text ist sehr gut lesbar.

1 Menschen haben schon immer Werkzeuge benutzt, um wichtige Sachen nicht zu vergessen. Verbinde jeweils Schreibwerkzeug und Speichermedium.

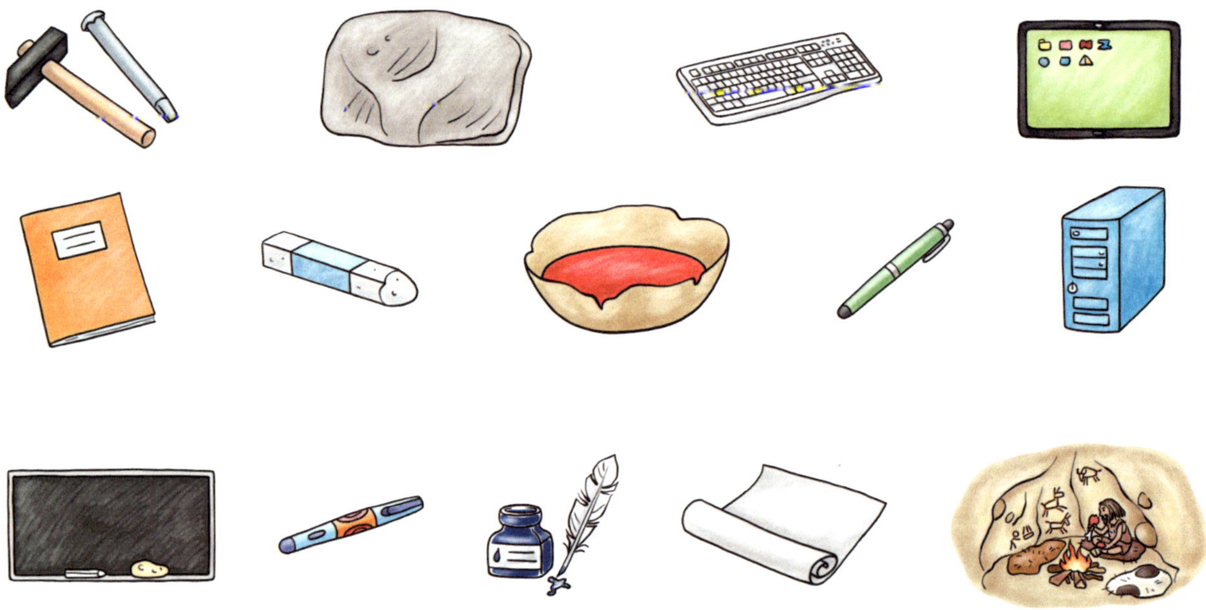

2 Zu welchen Fotos gehören diese Aussagen? Verbinde.

Diese Fotos verlieren mit der Zeit an Farbe.

Diese Fotos kann ich immer direkt ohne Hilfsmittel anschauen.

Diese Fotos haben immer die gleichen kräftigen Farben.

Diese Fotos kann man leicht an viele Menschen versenden.

Diese Fotos kann man am Bildschirm betrachten.

Das Papier kann mit der Zeit brüchig werden.

Digitale Medien

Digitale Fotos bestehen aus Pixeln. Pixel werden im Computer mit Nullen und Einsen gespeichert.
Digitale Medien sind ein Oberbegriff für Information, die digital mit Nullen und Einsen gespeichert ist. Außer Fotos können auch Texte, Musik oder Videos digital gespeichert werden.

Meine Fachbegriffe

analog, digital, digitale Medien, Information

1 Kreise alles, was digital ist, rot ein. Kreise alles, was analog ist, blau ein.

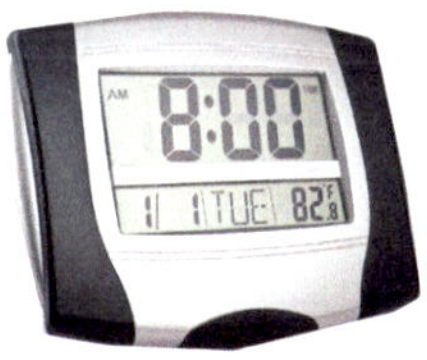

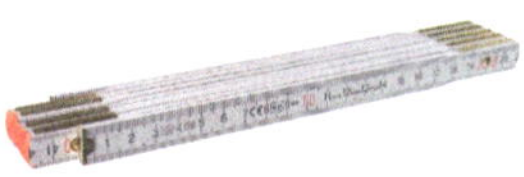

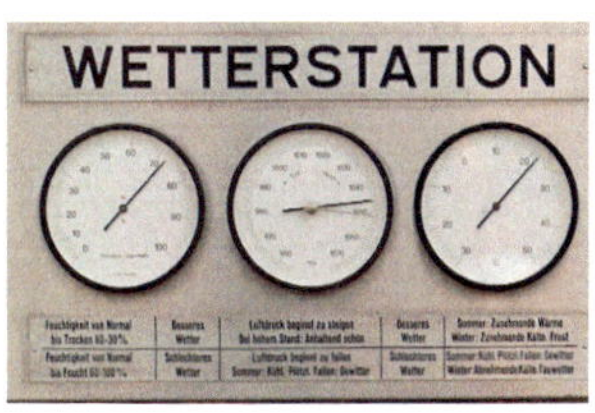

2 Überprüfe die Aussagen. Kreuze an.

	richtig	falsch
a) Im Computer sind Informationen immer digital gespeichert.		
b) Um sich zu informieren, sollte man nur analoge Informationsquellen nutzen.		
c) Digitale Informationen können in immer der gleichen Qualität abgerufen werden.		
d) Digitale Informationen können schnell über große Entfernungen transportiert werden.		
e) Für analoge Darstellungen braucht man immer Strom.		

3 Binärcode

1 Spielt nach: Ein Kind denkt sich eines der vier Tiere.
Das andere Kind fragt so oft, bis es das gedachte Tier erraten hat.
Erlaubt sind nur Fragen, die ihr mit „ja“ oder „nein“ beantworten könnt.
Wechselt euch ab. Wie viele Fragen braucht ihr, um sicher das Tier zu bestimmen?

erstes Spiel: ____ Fragen   zweites Spiel: ____ Fragen

2 Beantworte die Fragen. Welche Tiere können es sein? Trage ein.

a) Hund Fisch Vogel Pferd

Hat das Tier vier Beine?

nein → Fisch / ______

ja → ______ / ______

b) Hund Fisch Vogel Pferd

Kann das Tier fliegen?

nein → ______ / ______ / ______

ja → ______

c) Hund Fisch Vogel Pferd

Kann das Tier bellen?

nein → ______ / ______ / ______

ja → ______

3 Ingo kettet die Fragen aus Aufgabe 2 aneinander.
Die Darstellung nennt man **Entscheidungsbaum**. Trage die Tiere passend ein.

Hund Fisch Vogel Pferd

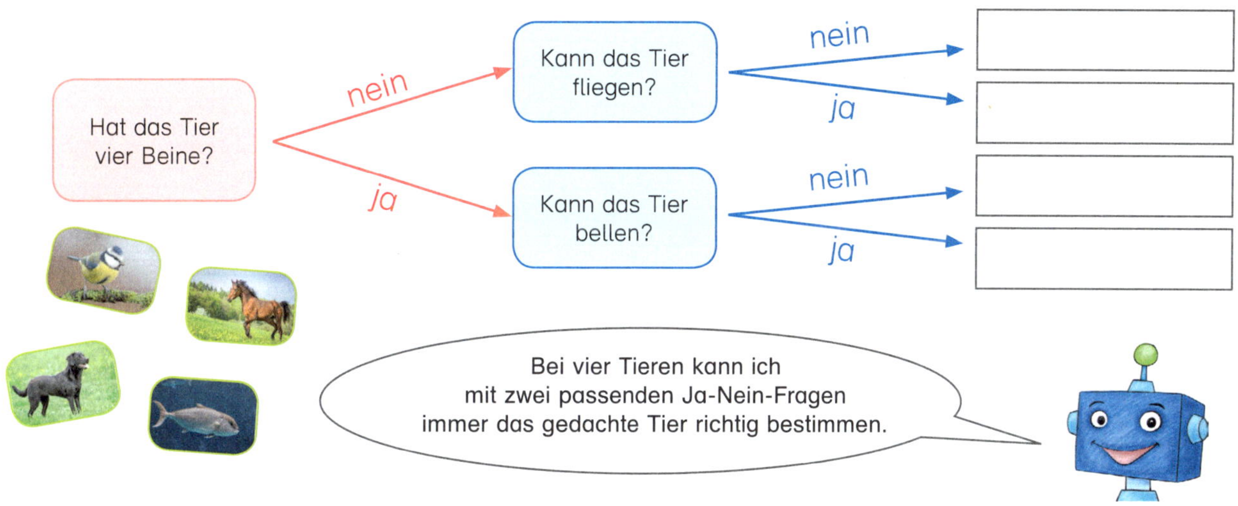

4 Lies die Fragen. Welche Tiere sind es? Trage ein.

Seepferdchen Esel Kaninchen Dromedar

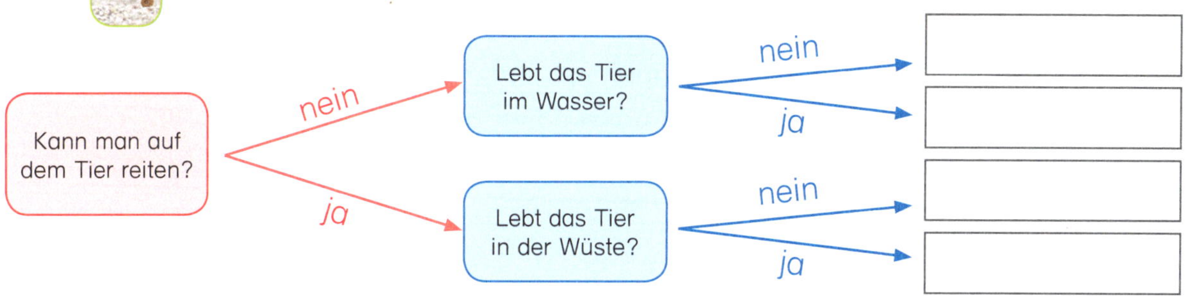

5 Lies die Fragen. Trage an den Pfeilen „ja“ und „nein“ passend ein.

Katze Wurm Schaf Biene

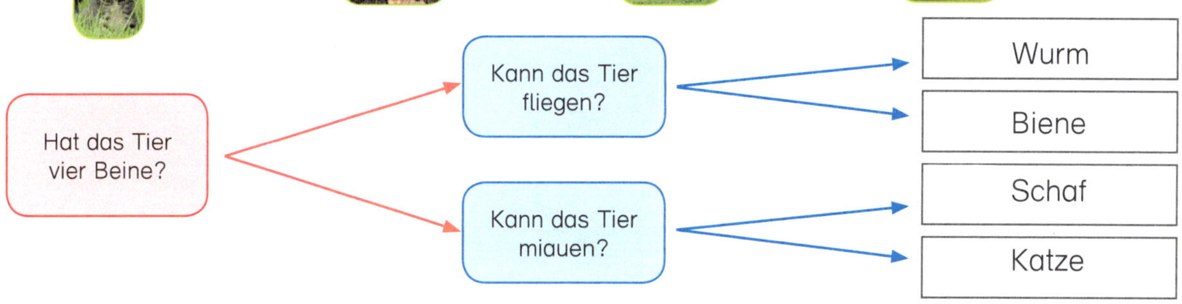

1 Wir schreiben ab jetzt im Entscheidungsbaum an jeden Pfeil nach oben eine 0 für „nein" und an jeden Pfeil nach unten eine 1 für „ja". Welches Tier ist gemeint? Lies am Entscheidungsbaum ab und trage in die Tabelle ein. Die Farben helfen dir.

Hund | Fisch | Vogel | Pferd

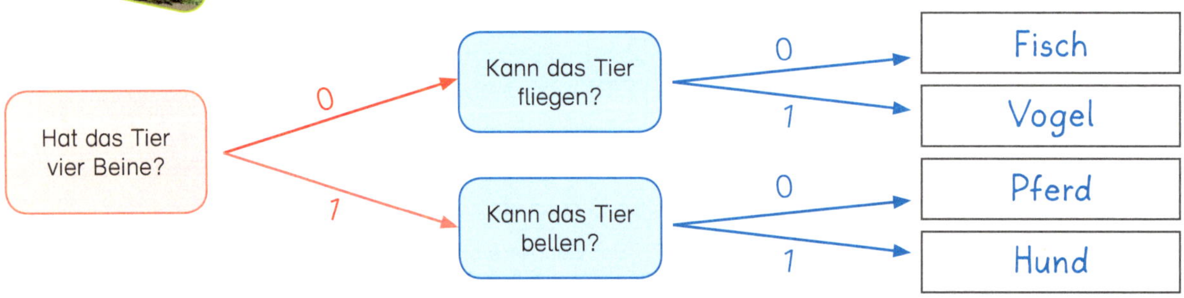

Code	Tier
00	
01	
10	
11	

2 a) Schreibe an jeden Pfeil nach oben eine 0 für „nein" und an jeden Pfeil nach unten eine 1 für „ja". Trage die Tiere passend im Entscheidungsbaum ein.

Biber | Elefant | Hund | Fisch

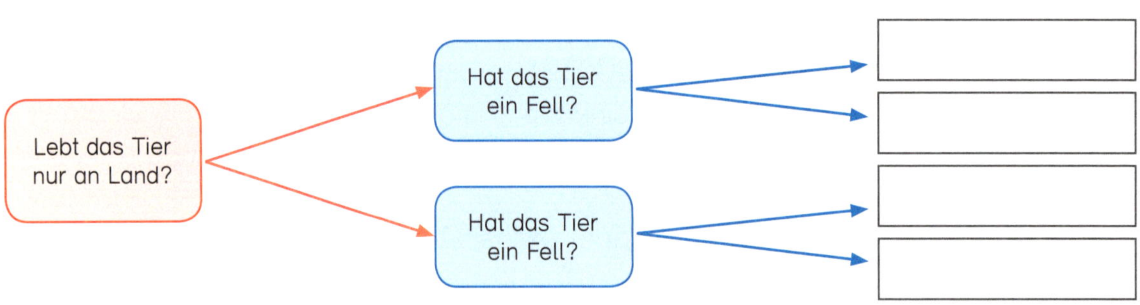

b) Lies im Entscheidungsbaum ab und trage die Tiere neben den binären Code in die Tabelle ein. Die Farben helfen dir.

Code	Tier
00	
01	
10	
11	

Binärer Code, Bit, Zustände und Entscheidungsbäume

Computer verarbeiten Informationen, die als binärer Code (Binärcode) dargestellt werden. Binär meint, dass es zwei Werte gibt, zum Beispiel 0 und 1.

Beispiele:

0 steht für hell – 1 steht für dunkel
0 steht für kalt – 1 steht für warm

In der Informatik gilt oft:

0 steht für falsch – 1 steht für wahr
0 steht für Strom aus – 1 steht für Strom an

Ein Wert, der 0 oder 1 sein kann, heißt **Bit**.
Mit einem Bit kann man zwei verschiedene Dinge abbilden.
Mit zwei Bit kann man vier verschiedene Dinge abbilden.
Die verschiedenen Bitfolgen nennt man **Zustände**.
Ein **Binärcode** ist eine Folge von Bits, also zum Beispiel
01 als binärer Code mit zwei Bit oder 110 als binärer Code mit drei Bit.

Man kann sich zum Beispiel einen Binärcode ausdenken, um verschiedene Tiere zu benennen. Im Beispiel ist 01 der binäre Code für den Biber. Welches der vier Tiere in der Tabelle gemeint ist, kann man durch jeweils zwei Fragen herauskriegen, die man mit ja (1) oder nein (0) beantworten kann. „Lebt das Tier nur an Land?" – nein (0) – und „Hat das Tier ein Fell?" – ja (1) – ergibt wieder den Binärcode für den Biber, wenn man für „nein" die 0 und für „ja" die 1 schreibt.

Beispiel:

Code	Tier
00	Fisch
01	Biber
10	Elefant
11	Hund

Solche Abfolgen von Ja-Nein-Fragen können als **Entscheidungsbäume** dargestellt werden. Man sammelt die Werte 0 oder 1 entlang der Pfeile und schreibt sie auf. So erhält man den Binärcode für die Angabe im letzten Feld. Die Angaben in den Feldern rechts sind die Zustände. Der binäre Code besteht also aus einer Folge von Nullen und Einsen.

Beispiel: In diesem Entscheidungsbaum werden 2 Bit dargestellt. Er hat vier Zustände.

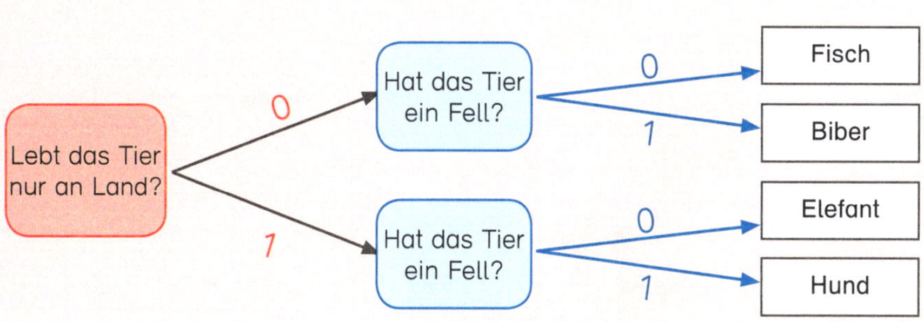

Code	Tier
00	Zustand 1: Fisch
01	Zustand 2: Biber
10	Zustand 3: Elefant
11	Zustand 4: Hund

1 Trage die Gegenstände so in den Entscheidungsbaum ein, dass die Fragen richtig beantwortet sind. Schreibe sie dann zu ihrem binären Code.

Brotdose
Radiergummi
Trinkflasche
Lineal

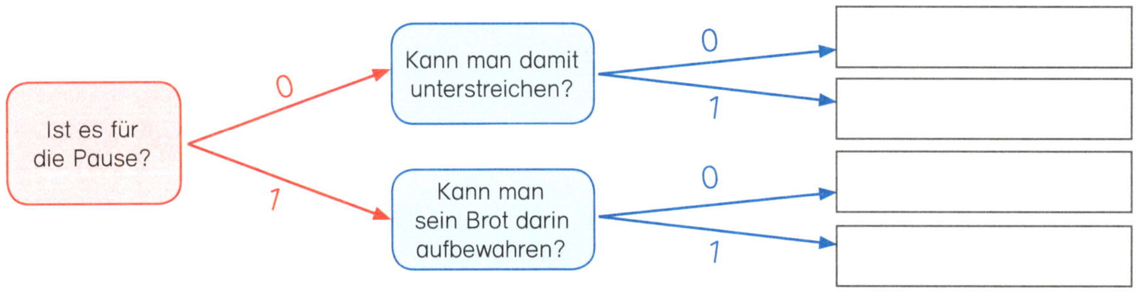

Code	Gegenstand
00	
01	
10	
11	

2 Trage die Kleidungsstücke so in den Entscheidungsbaum ein, dass die Fragen richtig beantwortet sind. Schreibe sie dann zu ihrem binären Code.

Schal
Sandalen
Stiefel
Sonnenbrille

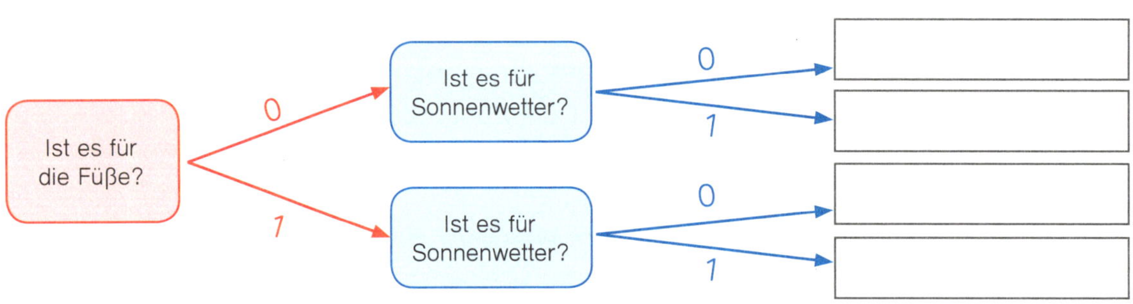

Code	Kleidungsstück
00	
01	
10	
11	

3 a) Trage die Lebensmittel im Entscheidungsbaum ein. Schreibe sie dann zu ihrem binären Code.

Tee Käse Saft Nudeln

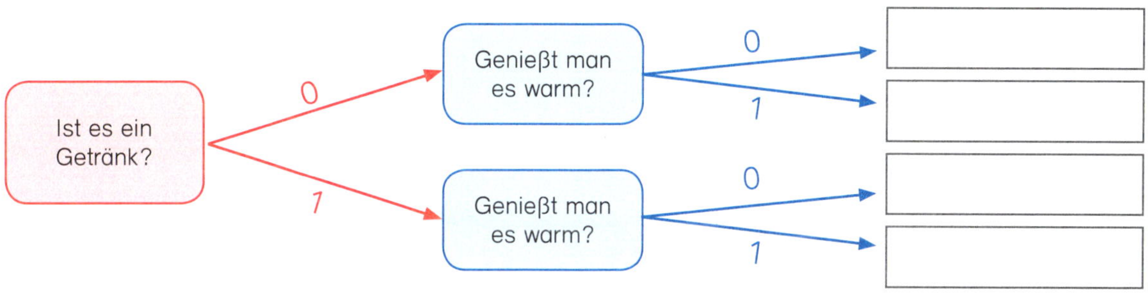

Code	Lebensmittel
00	
01	
10	
11	

b) Die Reihenfolge der Fragen hat sich geändert. Trage ein.

Tee Käse Saft Nudeln

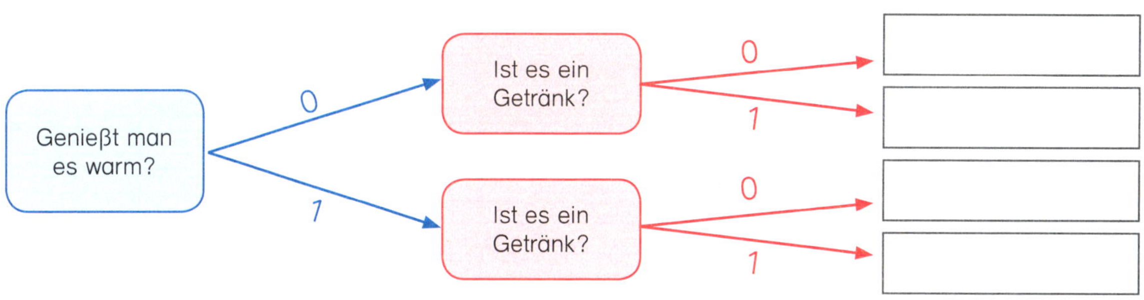

Code	Lebensmittel
00	
01	
10	
11	

c) Vergleicht die Ergebnisse bei a) und b). Was fällt euch auf?

1

a) Trage die Kindernamen passend in den Entscheidungsbaum ein.

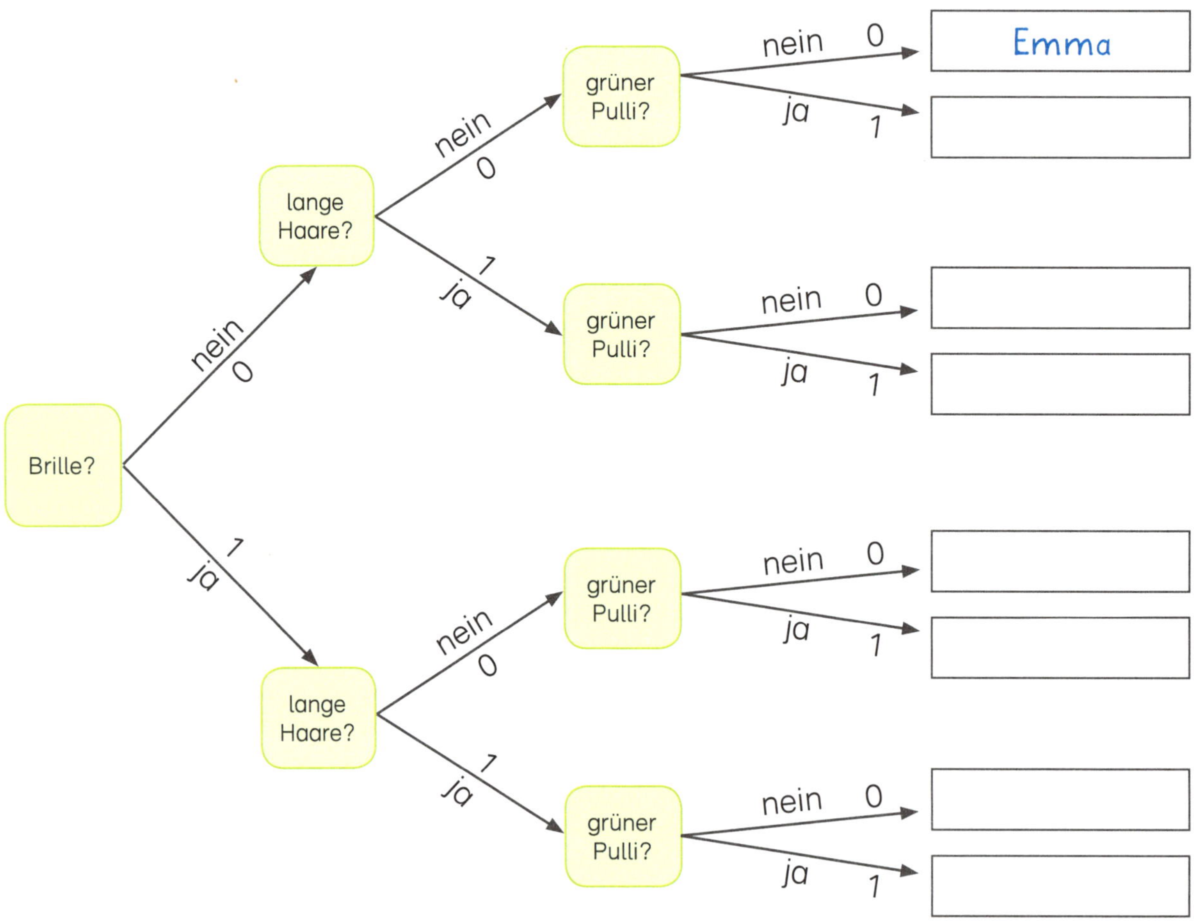

b) Suche den binären Code für die Kinder. Schreibe 0 für „nein“ und 1 für „ja“. Es sind 3 Bit.

Code			Name
1	1	0	Anna
			Bert
			Carla
			Dennis
			Emma
			Felix
			Gina
			Hans

c) Jetzt sind die binären Codes geordnet. Welches Kind gehört zu welchem binären Code? Trage ein.

Code	Name
000	
001	
010	
011	
100	
101	
110	Anna
111	

2 Suche jeweils die passenden Kinder aus Aufgabe 1.

a) Tragen die Kinder eine Brille oder nicht? Trage Binärcode und Namen ein.

Kinder mit Brille

Code			Name

Kinder ohne Brille

Code			Name

b) Haben die Kinder lange oder kurze Haare? Trage Binärcode und Namen ein.

Kinder mit langen Haaren

Code			Name

Kinder mit kurzen Haaren

Code			Name

c) Die erste Ziffer im binären Code ist immer Null. Was haben die Kinder gemeinsam?

Code	Name
000	
001	
010	
011	

Alle Kinder, deren binärer Code an der ersten Stelle eine Null hat,

______________________________ .

d) Welche Ziffer ist hier immer gleich? Was haben diese Kinder gemeinsam?

Code	Name
001	
011	
101	
111	

Alle Kinder, deren binärer Code

an der ______ Stelle eine ______ hat,

______________________________ .

e) Wie viele Zustände kannst du mit drei Fragen beschreiben? ____ Zustände

Binärer Code für Buchstaben

Mit Nullen und Einsen kann man auch Buchstaben codieren.
Mit 4 Bit kann man 16 Buchstaben darstellen.

Buchstabe	Binärcode			
A	0	0	0	0
B	0	0	0	1
C	0	0	1	0
D	0	0	1	1
E	0	1	0	0
F	0	1	0	1
G	0	1	1	0
H	0	1	1	1
I	1	0	0	0
J	1	0	0	1
K	1	0	1	0
L	1	0	1	1
M	1	1	0	0
N	1	1	0	1
O	1	1	1	0
P	1	1	1	1

1 Welche Wörter stehen hier?
Nutze die Codierungstabelle.

Beispiel: 0001 0000 0010 0111 BACH

a) 0001 0000 0011 ___ ___ ___

b) 0101 0100 0100 ___ ___ ___

c) 1011 1000 0100 0011 ___ ___ ___ ___

d) 0011 0000 0010 0111 ___ ___ ___ ___

e) 0111 1110 1101 1000 0110 ___ ___ ___ ___ ___

f) 0000 1111 0101 0100 1011 ___ ___ ___ ___ ___

2 Jetzt umgekehrt. Schreibe für jeden Buchstaben den Binärcode.

a) AFFE 0 0 0 0 ____ ____ ____

b) HAND ____ ____ ____ ____

c) FACH ____ ____ ____ ____

d) DANKE ____ ____ ____ ____ ____

e) KEGEL ____ ____ ____ ____ ____

3 Finde Reimwörter mit Buchstaben von A bis P. Notiere sie. Schreibe den Binärcode.

a)

Wort	Binärcode				
FALL		0101			

b)

Wort	Binärcode				
PFAND					

c) Vergleiche jeweils den Binärcode der Wörter. Welche Teile sind gleich? Kreise ein.

4 Von Zeile zu Zeile ändert sich nur ein Buchstabe. Ergänze die Lücken.

Wort				Binärcode			
B	A	L	D	0001	0000		
				0001	0000		0011
					0000	1101	1101
						1101	
				1010			1101
K	I	N	O				1110

5 Geheimwörter-Diktat: Spielt die Übertragung eines Wortes auf den Computer nach.
Denkt euch jeder zwei Wörter aus. Ihr dürft nur Buchstaben von A bis P verwenden.
Schreibt eure Wörter auf und notiert sie im Binärcode.
Diktiert euch gegenseitig den Binärcode und entschlüsselt ihn.

mein Wort	mein Binärcode					

diktierter Binärcode						Lösungswort

3 Die Binärcodes für die gleichen Buchstaben untereinanderschreiben. Die grauen Felder freilassen. 4 Zur besseren Orientierung kann man immer die beiden untereinanderstehenden Buchstaben einkreisen, bei denen der Wechsel stattfindet.

1 Verbinde die Entscheidungsbäume, binären Codes und Aussagen passend.

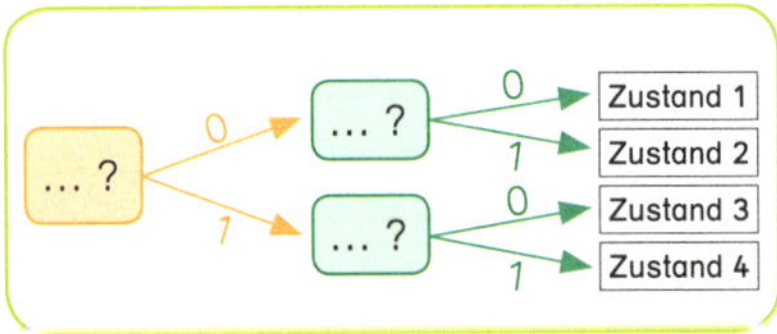

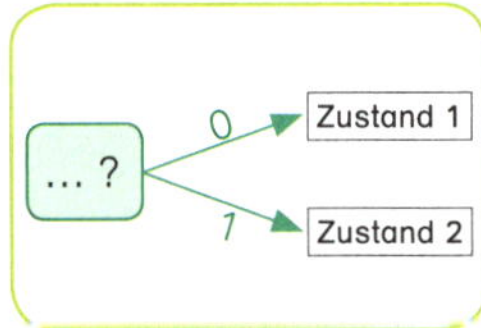

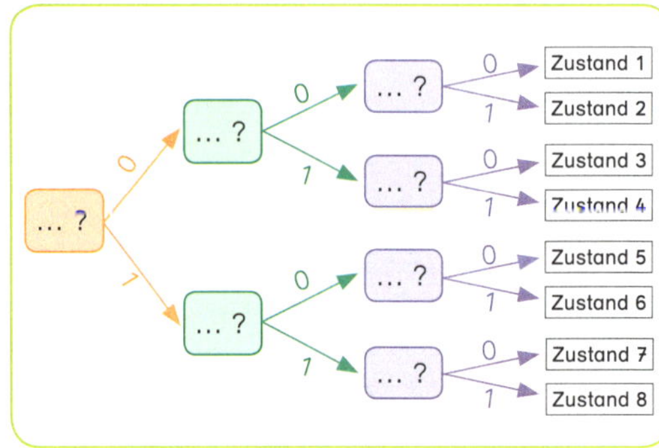

Code	Zustand
000	Zustand 1
001	Zustand 2
010	Zustand 3
011	Zustand 4
100	Zustand 5
101	Zustand 6
110	Zustand 7
111	Zustand 8

Code	Zustand
00	Zustand 1
01	Zustand 2
10	Zustand 3
11	Zustand 4

Code	Zustand
0	Zustand 1
1	Zustand 2

Im Binärcode wird jeder Zustand durch drei Ziffern beschrieben.

Im Binärcode wird jeder Zustand durch eine Ziffer beschrieben.

Im Binärcode wird jeder Zustand durch zwei Ziffern beschrieben.

2 Verbinde die Aussagen passend.

Es gibt 4 Zustände.

Es gibt 2 Zustände.

Es gibt 8 Zustände.

Im Binärcode wird jeder Zustand durch eine Ziffer beschrieben.

Im Binärcode wird jeder Zustand durch zwei Ziffern beschrieben.

Im Binärcode wird jeder Zustand durch drei Ziffern beschrieben.

Bei 2 Bit kann man nacheinander 2 Fragen stellen.

Bei 3 Bit kann man nacheinander 3 Fragen stellen.

Bei 1 Bit kann man nur eine Frage stellen.

3 Trage passend ein. Zwei Angaben bleiben übrig.

zwei, zwei, drei, vier, sechs

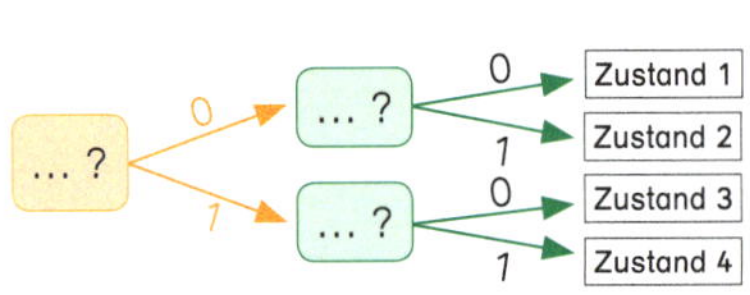

Code	Zustand
00	Zustand 1
01	Zustand 2
10	Zustand 3
11	Zustand 4

Mit ______ Bit kann man nacheinander ______ Fragen stellen. Dabei erhält man ______ Zustände.

Meine Fachbegriffe

Binärcode, Bit, Entscheidungsbaum, Zustand

1 Trage die Kindernamen im Entscheidungsbaum und in der Tabelle ein.

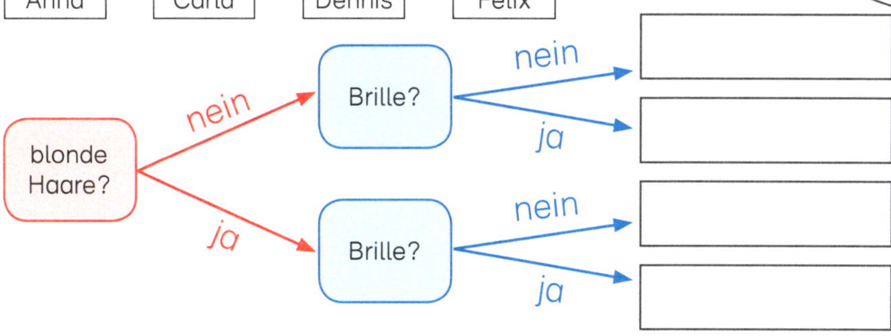

Code	Name
00	
01	
10	
11	

2 Überprüfe die Aussagen. Kreuze an.

	richtig	falsch
a) Die Anzahl der Zustände im Entscheidungsbaum ist immer gleich der Anzahl der Ziffern im Binärcode.		
b) Die Anzahl der Bit ist immer gleich der Anzahl der Ziffern im Binärcode.		

3 Ergänze passend.
Bei vier Bit kann man nacheinander ______ Fragen stellen.
Dabei erhält man ______ Zustände.
Im Binärcode stehen dann jeweils ______ Ziffern für jeden Zustand.

4 Hier sind einzelne Ziffern verdeckt.
Welches Wort ist jeweils gemeint?
Nutze die Codierungstabelle.
Ergänze den Binärcode und schreibe das Wort.

a) 0 1 1 1   1 1 1 _   0 1 0 1   Wort: __ __ __

b) 0 0 0 1   0 0 0 0   _ 0 1 1   Wort: __ __ __

c) 1 0 0 1   _ 0 0 0   Wort: __ __

d) 1 1 _ 0   1 1 0 0   0 0 0 0   Wort: __ __ __

e) 1 0 0 0   0 1 1 0   0 1 _ 0   1 0 1 1   Wort: __ __ __ __

Buchstabe	Binärcode			
A	0	0	0	0
B	0	0	0	1
C	0	0	1	0
D	0	0	1	1
E	0	1	0	0
F	0	1	0	1
G	0	1	1	0
H	0	1	1	1
I	1	0	0	0
J	1	0	0	1
K	1	0	1	0
L	1	0	1	1
M	1	1	0	0
N	1	1	0	1
O	1	1	1	0
P	1	1	1	1

4 Computer – Bestandteile

Woraus besteht eigentlich ein Computer?

Ich stelle euch mal die wichtigsten Bestandteile vor.

Sichtbare Computerbestandteile

Alle Computer haben ungefähr den gleichen Aufbau. Ein Computer besteht meistens aus mindestens vier Bausteinen, die man von außen sehen kann: dem **Computergehäuse**, dem **Bildschirm**, einer **Tastatur** und einer **Maus**.

1 Ordne die Bilder den Beschreibungen zu.

A Das **Computergehäuse** – die Außenhaut – ist eine Art Schachtel, die meistens auf oder unter einem Tisch steht. Das Computergehäuse schützt den Computer vor Staub, Schmutz und Stößen.

B Auf einem **Bildschirm** kann man Texte, Bilder und Videos sehen. Man sagt auch Monitor oder Display. Auf dem Bildschirm kann man sehen, welche Befehle man dem Computer gibt und was für ein Ergebnis herauskommt.

C Mit einer **Maus** kann man einen Zeiger über den Bildschirm fahren lassen und dem Computer Befehle geben. Die meisten Mäuse haben zwei Tasten, die man drücken kann.

D Eine **Tastatur** ist eine Platte mit vielen Tasten, zum Beispiel mit Buchstaben, Zahlen und Sonderzeichen wie etwa !, €, @ oder #. Man sagt auch Keyboard.

1

2

3

4

Das gehört zusammen: A ◯ B ◯ C ◯ D ◯

Verschiedene Arten von Computern

Der **Desktop-Computer** hat einen festen Platz, zum Beispiel am Schreibtisch.
Ein **Laptop** oder **Notebook** ist ein tragbarer Computer, den man überall hin mitnehmen kann.
Tablets und **Smartphones** sind tragbare Computer, bei denen der Bildschirm den vorderen Teil des Gehäuses bildet. Die Tastatur erscheint auf dem Bildschirm und man schreibt mit den Fingern oder mit einem Stift.

1 Wo erkennst du beim Desktop-Computer die vier Bestandteile? Trage ein.

Bildschirm, Computergehäuse, Maus, Tastatur

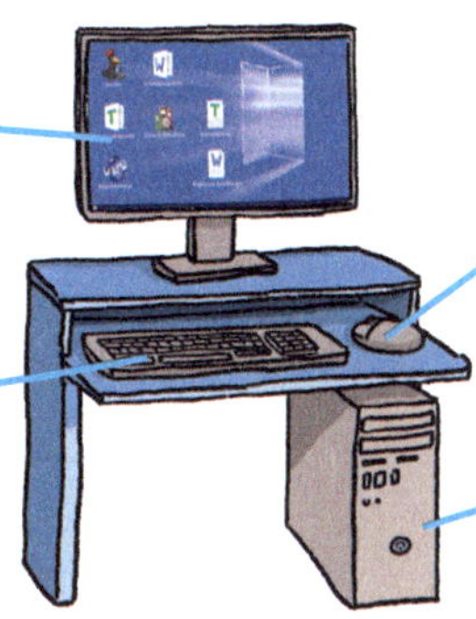

2 Wo erkennst du beim Laptop die Bestandteile? Trage ein.

Bildschirm, Computergehäuse, Tastatur

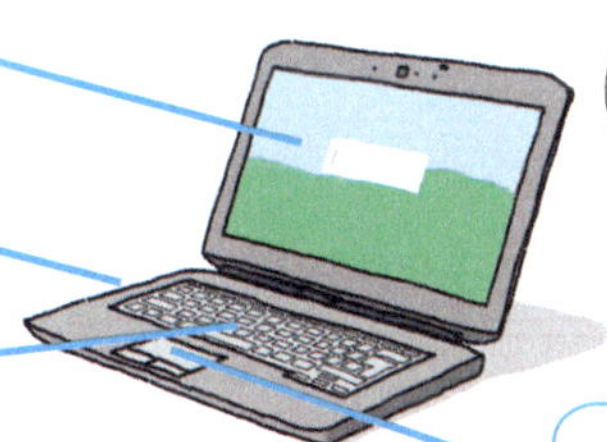

Touchpad

Beim Laptop gibt es statt der Maus ein Feld, auf dem man mit dem Finger langfährt. Das nennt man Touchpad.

3 Wo erkennst du beim Smartphone und Tablet die Bestandteile? Verbinde.

Bildschirm

Computergehäuse

Beim Tablet und Smartphone ist die Tastatur direkt auf dem Bildschirm. Du schreibst mit einem Stift oder den Fingern. Den Bildschirm nennt man Touchscreen.

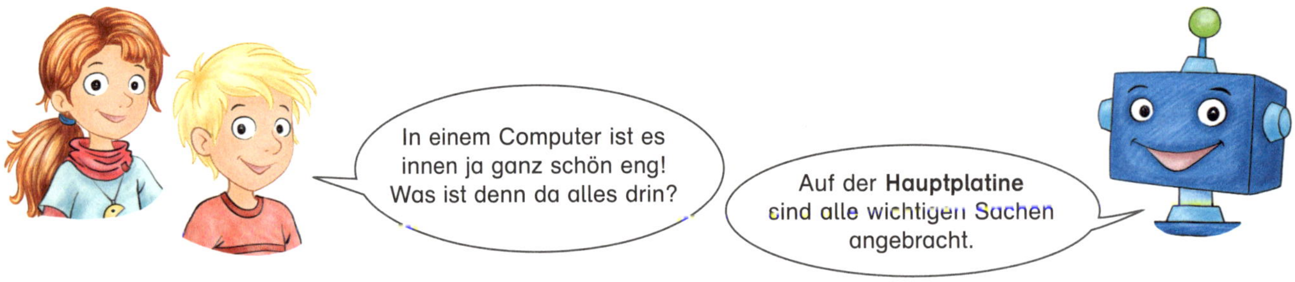

1 Lies die Beschreibungen und beantworte die Fragen. Kreuze an.

Im Inneren des Computers befindet sich die **Hauptplatine**. Auf dieser Platte werden wichtige Teile, die der Computer zum Arbeiten braucht, befestigt. Mit Hilfe von elektrischem Strom können die Daten im Computer verarbeitet und gespeichert werden. Auf dieser Platte gibt es auch Anschlüsse, zum Beispiel für eine Maus.

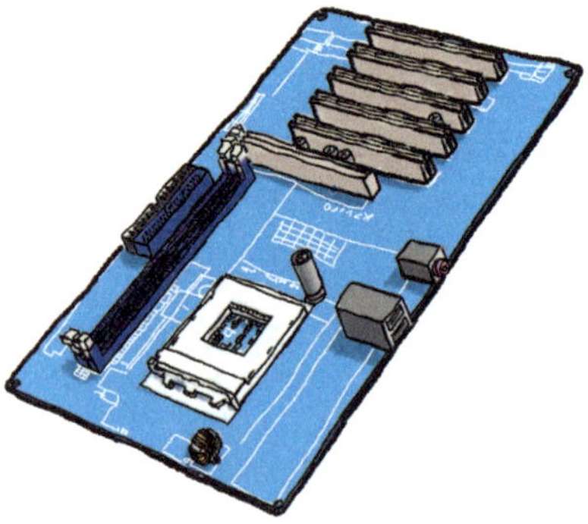

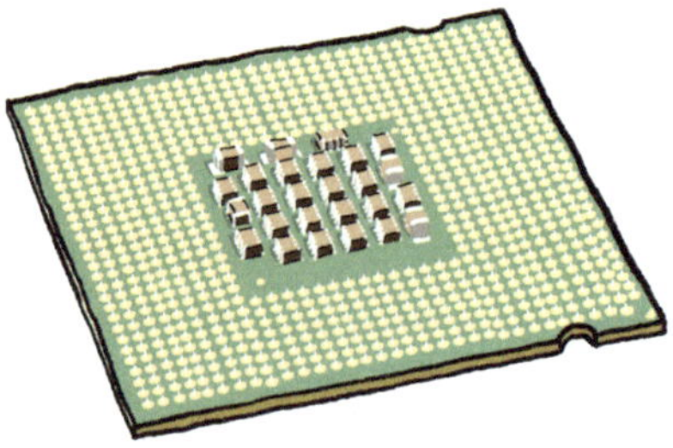

Der **Prozessor** ist das „Herz“ und die Steuerzentrale eines Computers, weil er Informationen an andere Computerteile weiterleitet. Der Prozessor ist auch das „Gehirn“ eines Computers, weil dort viele Informationen verarbeitet werden.

Die **Festplatte** ist das „Gedächtnis“ des Computers. Auf ihr werden wichtige Informationen wie Texte, Programme, Bilder, Musik oder Filme in Dateien langfristig gespeichert. Die Daten bleiben auch gespeichert, wenn der Computer ausgeschaltet ist und nicht mit Strom versorgt wird.

	richtig	falsch
a) Der Prozessor ist das „Herz“ und das „Gehirn“ des Computers, weil durch ihn viele Informationen weitergeleitet und verarbeitet werden.		
b) Die Festplatte ist der „Magen“ des Computers, weil in ihr alles verschluckt und nichts mehr herausgegeben wird.		

2 Lies die Beschreibungen und beantworte die Fragen. Kreuze an.

Grafikkarten sind für das Bild verantwortlich. Computer haben oft eine Grafikkarte, die Daten aus dem Computer in Bilder umwandeln kann, indem sie sie als Pixel auf dem Bildschirm anzeigt.

Die **Netzwerkkarte** ist für den Datenaustausch eines Computers mit anderen Computern verantwortlich. Mit dieser Karte kann der Computer Daten aus dem Internet suchen oder erhalten.
Oft geschieht der Datenaustausch über Funk; dann ist kein zusätzliches Kabel notwendig.

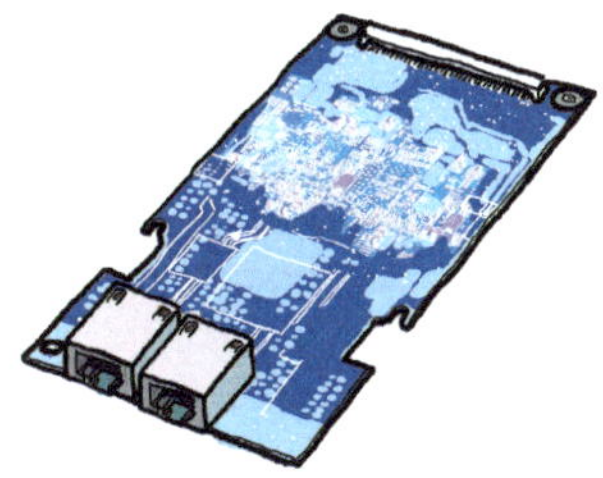

	richtig	falsch
a) Die Grafikkarte wandelt Daten auf dem Computer in Bilder um, indem sie sie als Pixel auf dem Bildschirm anzeigt.		
b) Der Prozessor wandelt Daten auf dem Computer in Bilder um, indem er sie als Pixel auf dem Bildschirm anzeigt.		
c) Die Hauptplatine ermöglicht den Datenaustausch mit anderen Computern.		
d) Die Netzwerkkarte ermöglicht den Datenaustausch mit anderen Computern.		

3 Verbinde passend.

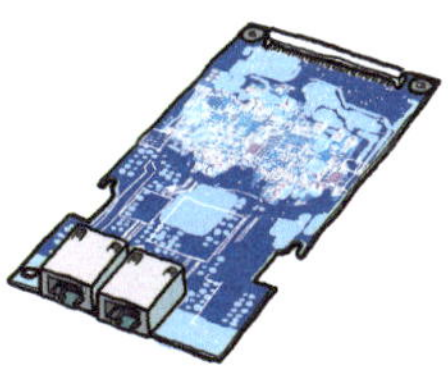

Prozessor | Festplatte | Grafikkarte | Netzwerkkarte

Es gibt verschiedene Computer von unterschiedlichen Herstellern. Die meisten der genannten Bauteile sind in jedem Computer enthalten. Je nach Hersteller sind die Bauteile an unterschiedlichen Plätzen im Gehäuse angeordnet.

Welche Geräte kann ich an einen Computer anschließen? Welche Funktion haben sie jeweils?

Du kannst viele nützliche Geräte anschließen. Das ist sehr praktisch!

Verschiedene Anschlüsse am Computer

Am Computer gibt es viele Anschlüsse, über die man den Computer mit Geräten verbinden kann. Manche Geräte dienen der Eingabe von Daten oder Befehlen (Maus, Tastatur, Mikrofon). Andere Geräte sind für die Ausgabe von Daten (Drucker, Bildschirm, Lautsprecher, Kopfhörer) geeignet. Es gibt auch Geräte, die Daten in beide Richtungen mit dem Computer austauschen können. Man kann von ihnen Daten auslesen, aber auch Daten darauf speichern (Festplatte, Speicherkarte, USB-Stick).

1 Verbinde passend.

A 

B 

C 

D 

E 

USB-Stick | Tastatur | Kopfhörer | Speicherkarte | Festplatte

F 

G 

H 

I 

Maus | Drucker | Mikrofon | Bildschirm

2 Ordne die Geräte aus Aufgabe 1 zu. Trage die Buchstaben der Geräte ein.

Daten kommen sowohl in den als auch aus dem Computer: ◯ ◯ ◯

Daten kommen nur in den Computer: ◯ ◯ ◯

Daten kommen nur aus dem Computer: ◯ ◯ ◯

Meine Fachbegriffe

Bildschirm, Desktop-Computer, Festplatte, Laptop, Maus, Prozessor, Smartphone, Tablet, Tastatur

1 Trage die Begriffe ein.

Computergehäuse, Festplatte, Hauptplatine, Prozessor

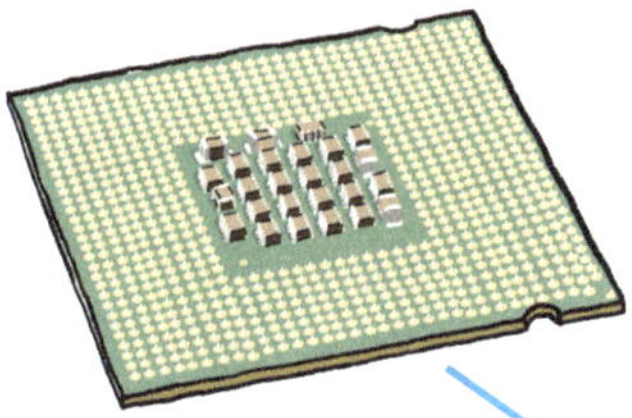

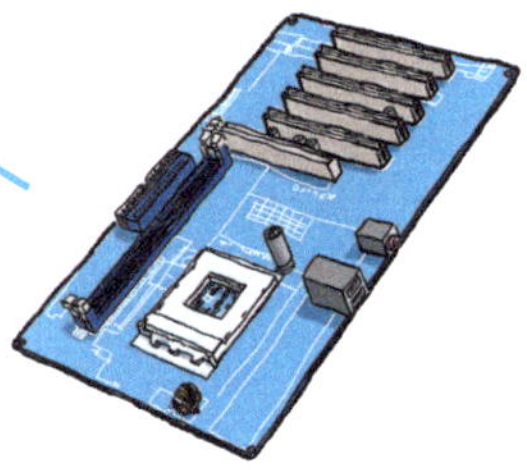

2 Ordne die Begriffe den Beschreibungen zu. Verbinde.

- Sie ist für den Datenaustausch eines Computers mit anderen Computern verantwortlich.
- Er ist das „Herz“ und die Steuerzentrale eines Computers.
- Sie ist das „Gedächtnis“ des Computers.
- Sie ist für das Bild verantwortlich. Viele Computer haben eine, die Daten aus dem Computer in Bilder umwandeln kann.

Festplatte | Netzwerkkarte | Prozessor | Grafikkarte

5 Daten speichern und verarbeiten

Speichern von Daten

Es gibt verschiedene Möglichkeiten, Daten zu speichern: direkt auf dem Computer oder auf einem Speichermedium zum Mitnehmen oder im Internet.

Datenspeicherung im Computer: Speichert man Daten direkt im Computer auf der Festplatte, so bleiben die Daten auch gespeichert, wenn der Computer ausgeschaltet ist. Die Daten sind immer verfügbar, wenn der Computer angeschaltet ist.

Datenspeicherung auf einem Speichermedium außerhalb des Computers: Will man seine Daten auch auf anderen Computern oder Geräten nutzen, braucht man einen Datenspeicher, den man mit sich herumtragen kann. Beliebt sind USB-Sticks und Speicherkarten.

Datenspeicherung in einer Cloud: Die Cloud ist ein „Überallspeicher“, auf den man sehr große Datenmengen speichern kann. Das ist praktisch, weil man von jedem Computer mit Internetzugang auf die gespeicherten Dateien wie Fotos, Dokumente oder andere Daten zugreifen kann. Ohne Internetzugang kann man die Cloud nicht nutzen. Man kann anderen erlauben, die Daten zu sehen und zu nutzen.

Computervirus

Wenn man Dateien vom Internet oder von einem externen Speichermedium auf seinen Computer lädt, muss man aufpassen, weil man sich einen Computervirus einfangen kann. Der Virus verändert das Muster aus Nullen und Einsen so, dass der Computer nicht mehr macht, was er soll. Der Computer ist dann „krank“, wie wir es auch sein können.

1 Welches Speichermedium passt am besten? Trage die Buchstaben ein.

A Mein Referat über den Urlaub habe ich Zuhause fertig gemacht und möchte ich in der Schule zeigen.

B Wir haben mit Freunden Urlaub gemacht und nun sollen alle Teilnehmer die schönen Videos und Bilder anschauen können.

C Die Urlaubsfotos und Videos aus den letzten Jahren will ich noch behalten, um sie später mal wieder anschauen zu können.

Speichermedium	geeignet bei
Festplatte im Computer	◯
USB-Stick/ Speicherkarte	◯
Cloud im Internet	◯

2 Überprüfe die Aussagen. Kreuze an.

	richtig	falsch
a) Eine Cloud ist ein Überallspeicher.		
b) Mit einem Internetzugang kann man die Daten auf der Festplatte unterwegs lesen.		
c) Eine Cloud ist ein Datenträger zum Herumtragen.		
d) Eine Speicherkarte ist ein Datenträger zum Herumtragen.		
e) In einer Cloud kann man sehr große Datenmengen speichern.		

Speichern von Daten: Darstellung von Bildern oder Wörtern auf dem Speichermedium

Speichermedien für den Computer sind digital. Die Daten sind mit Nullen und Einsen gespeichert. Gruppen von Nullen und Einsen können zum Beispiel zu einem Wort oder einem Bild gehören. Die Gruppen von Nullen und Einsen sind in Dateien zusammengefasst, damit der Computer sie wiederfindet. Auf dem Speichermedium liegen die Nullen und Einsen für viele Dateien.

Beispiel:

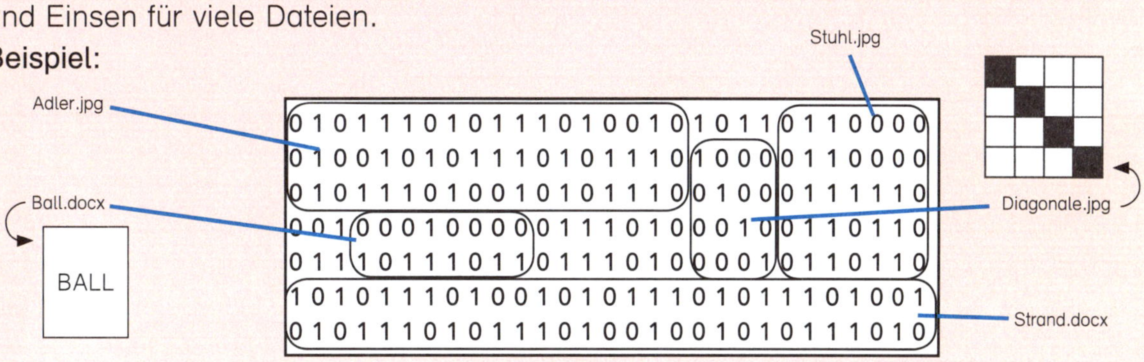

Info-Box: Die Behandlung der Dateinamen und Dateiendungen erfolgt auf der nächsten Doppelseite. Hier sind die Dateinamen als Beispiele zu verstehen.

Ich finde das Foto mit dem Adler nicht mehr. Kannst du mir helfen, Ingo?

Es gibt verschiedene Arten von Dateien, wie Bilder, Texte oder Musik. Die Dateinamen und Dateiendungen helfen dir beim Suchen.

Dateinamen

Dateien haben einen Namen, der aus zwei Teilen besteht. Die Teile sind durch einen Punkt getrennt. Die Bezeichnung für den vorderen Teil kann man sich selbst ausdenken. Damit man eine Datei wiederfindet, sollte man aussagekräftige Namen nehmen. Meistens nimmt man ein Wort, das den Inhalt gut beschreibt.

1 Welcher Name passt zu welchem Foto? Ordne zu.

Die Dateien mit meinen Fotos enden mit „jpg“.

A  B  C  D 

1 Strand.jpg 2 Berge.jpg 3 Adler.jpg 4 Schiff.jpg

Das gehört zusammen: A ◯ B ◯ C ◯ D ◯

2 Erfinde passende Namen zu den Fotos.

________________.jpg ________________.jpg ________________.jpg

Die Dateien mit meinen Texten enden mit „docx“. Andere Textdateien enden mit „odt“ oder „txt“.

3 Welcher Name passt zu welchem Text? Verbinde.

Liebe Mia,
viele Grüße aus dem Zoo!
Schade, dass du nicht da bist.
Dein Linus

Hasso bellte so lange,
bis der Einbrecher entdeckt
und gefasst wurde.

Summ, summ, summ.
Bienchen summ herum.

Biene.docx Brief.docx Hund.docx

Die Dateiendungen sind vom verwendeten Programm abhängig. Weitere übliche Endungen für Bilddateien sind neben jpg auch png, gif oder tiff, übliche Endungen bei Textdateien sind docx, doc, odt und txt.

Dateiendungen

Dateiendungen sind der Teil des Dateinamens, der rechts vom Punkt steht.
Die Dateiendung sagt, um was für eine Art von Datei es sich handelt.
Fotos haben oft die Endung jpg.
Textdateien haben oft die Endung doc, docx, odt oder txt.

Beispiel:

Strand.jpg
- frei wählbar
- festgelegte Dateiendung (für ein Foto)

Strand.docx
- frei wählbar
- festgelegte Dateiendung (für einen Text)

Achtung: Was hinter dem Punkt steht, darf man nicht umbenennen!
Die Dateiendung gibt dem Computer die Anweisung, wie die Daten zu lesen und auf dem Bildschirm darzustellen sind. Damit weiß der Computer, ob es sich um ein Bild oder einen Text handelt und wofür die Nullen und Einsen stehen.

4 Welcher Name passt wozu? Verbinde.
Ergänze die Dateiendung jpg oder docx passend.

Strand.________

Am Strand
Die Sonne scheint,
der Sand ist heiß,
die Muscheln sind bunt,
der Leuchtturm rot-weiß.
Nach dem Baden im Meer
gibt es jetzt ein Eis!

Pferd.________

Hund.________

Hopp, hopp, hopp,
Pferdchen lauf Galopp.

Katze.________

ADLER
Adler sind Greifvögel.
Sie sind sehr gute Jäger
und fressen gerne Mäuse.
Adler sehen sehr gut.

Pferd.________

Adler.________

Die Dateiendungen sind vom verwendeten Programm abhängig. Weitere übliche Endungen für Bilddateien sind neben jpg auch png, gif oder tiff, übliche Endungen bei Textdateien sind docx, doc, odt und txt.

1 Was gehört in welchen Ordner? Ordne zu. Färbe in der passenden Farbe.

Referat: **Mein Lieblingsbuch**	Sportregeln: **Fußball**	Fotos: **Hochzeit Antje & Olaf**	Alle meine Entchen ♫ ♫	**URKUNDE** Leichtathletik 2. Platz
URKUNDE Schwimmen 5. Platz	Referat: **Der Wald**	Sportregeln: **Basketball**	Sportregeln: **Volleyball**	Fotos: **Mamas Geburtstag**
Fotos: **Opas 80. Geburts-tag**	Alle Vögel sind schon da ♫ ♫	Referat: **Märchen**	**URKUNDE** Reiten 1. Platz	Schlaf Kindlein schlaf ♫ ♫

Ordnerstrukturen

Das Finden und Wiederfinden von Inhalten und Dateien gehört zu den wichtigen Aufgaben in der digitalen Welt. Das Nicht-Finden oder Nicht-Mehr-Finden kostet oft viel Zeit. Im schlimmsten Fall ist die Datei für den Benutzer gar nicht mehr auffindbar.
In der analogen Welt nutzt man Ordner, um Unterlagen gut wiederzufinden. In der digitalen Welt werden Dateien, die auf der Festplatte sind, auch in Ordnern abgelegt. Ordner haben Namen. Diese sind frei wählbar. Ordner können auch Unterordner haben.

2 In jedem Ordner kann man wieder neue Ordner anlegen. Diese nennt man Unterordner. Jeder Unterordner braucht auch einen passenden Namen, damit man die Dateien gut und schnell wiederfinden kann. Gib den Ordnern passende Namen. Überlege zuerst, welcher Name übergreifend gilt; dies ist der Hauptordner. Die anderen Ordner sind Unterordner. Ordne die Bilder zu. Notiere die Nummern.

Mias 9. Geburtstag, Mias 7. Geburtstag, Geburtstagsfeiern, Mias 8. Geburtstag

1 2 3 4 5 6

Hauptordner

Unterordner 1

Unterordner

Unterordner

3 Wie würdest du Ordner und Dateien auf deinem Computer beschriften? Trage ein.

Meine Daten

Kannst du mir erklären, wie ein Computer arbeitet?

Ein Computer ist wie eine Rechenmaschine, die nicht nur mit Zahlen rechnen kann.

Arbeitsweise eines Computers – das EVA-Prinzip

Ein Computer arbeitet immer gleich: Zuerst bekommt er eine Eingabe, dann verarbeitet er sie und gibt das Ergebnis aus.
Dazu sagt man **EVA-Prinzip: Eingabe – Verarbeitung – Ausgabe**

	E	**V**	**A**
	Eingabe	**Verarbeitung**	**Ausgabe**
Beispiel:	Addiere 4 und 7.	4 + 7 = 11	Das Ergebnis ist 11.

1 Mit dem EVA-Prinzip lassen sich auch viele Situationen beschreiben, bei denen ein Mensch die Verarbeitung durchführt. Ordne die Verarbeitungsschritte zu. Schreibe **E** für Eingabe, **V** für Verarbeitung und **A** für Ausgabe.

a) Saftherstellung:

 E

b) Stricken:

c) Modellbau:

2 In den folgenden Beispielen führt der Computer die Verarbeitung durch. Ordne zu. Schreibe **E** für Eingabe, **V** für Verarbeitung und **A** für Ausgabe.

a) Ton-speicherung:

◯

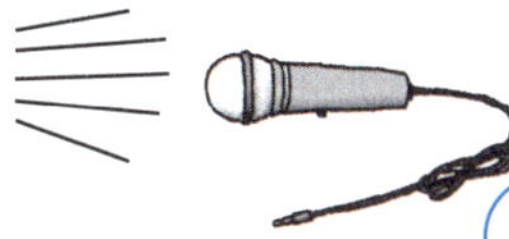
◯

◯

b) Bild-speicherung:

◯

◯

◯

c) Text-speicherung:

◯

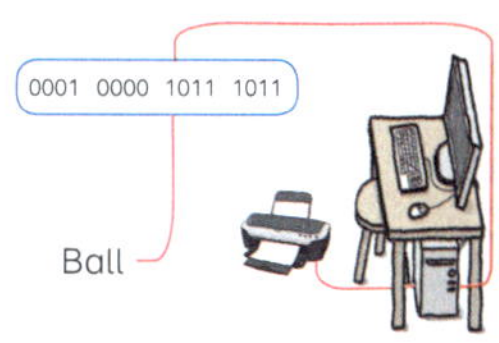

◯

Ball ◯

3 Ordne die Geräte nach Eingabe und Ausgabe.

~~Bildschirm~~, Drucker, Kamera, Kopfhörer, Lautsprecher, Maus, Mikrofon, Tastatur

Eingabe mit	Verarbeitung	Ausgabe auf
______	Verarbeitung im Computer	Bildschirm
______		______
______		______
______		______

③ Hier ist keine Eins-zu-Eins-Zuordnung von Eingabe und Ausgabe gesucht. Die Geräte sind nur den Bereichen Eingabe bzw. Ausgabe zuzuordnen.

1 Ordne die Beispiele nach Eingabe und Ausgabe.
Trage die Nummern passend in die Tabelle ein.

1
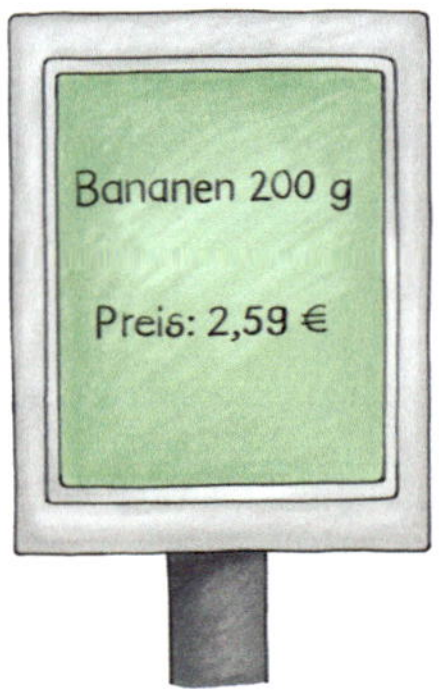

2

3

4

5

6

7

8
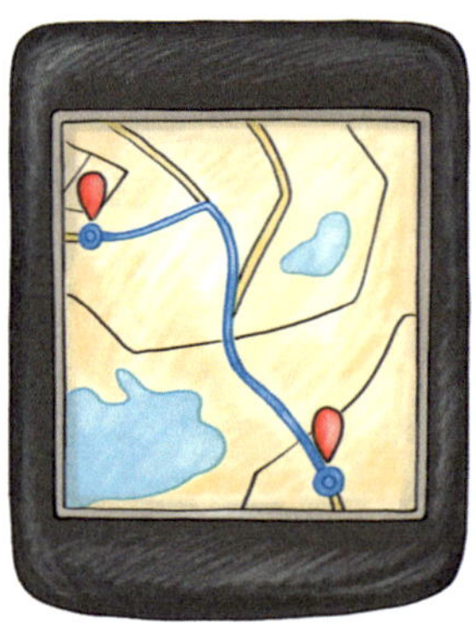

Bereich	Eingabe	Verarbeitung	Ausgabe
Ampelschaltung	○	Verarbeitung durch das digitale Gerät	○
Routenberechnung	○		○
Fotografieren	○		○
Obstabwiegen	○		○

1 Hier ist eine Eins-zu-Eins-Zuordnung von Eingabe und Ausgabe gesucht.

Meine Fachbegriffe

Ausgabe, Cloud, Dateiendung, Dateiname, Eingabe, EVA-Prinzip, Festplatte, Ordner, Verarbeitung

1 Verschiedene Speichermedien. Welcher Begriff gehört zu welchem Bild? Verbinde.

Speicherkarte | USB-Stick | Festplatte | Cloud

2 Überprüfe die Aussagen. Kreuze an.

	richtig	falsch
a) Ich finde meine Datei auf dem Computer wieder, indem ich einen Ausdruck mache und den Computer ausschalte.		
b) Ich finde meine Datei wieder, indem ich ihr einen Namen gebe und sie in einem passenden Ordner abspeichere.		
c) Als Dateiendung für ein Foto mit einem Hund eignet sich „Hund".		
d) Als Dateiname für ein Foto mit einem Hund eignet sich „Hund.jgp".		

3 Wofür steht die Abkürzung EVA beim EVA-Prinzip? Kreuze an.

- ◯ Einfach viel Arbeit
- ◯ Eingabe, Vorschrift, Ausgabe
- ◯ Eingabe, Verarbeitung, Ausgabe

4 Beschrifte die Ordner passend. Ordne dann die Bilder zu. Notiere die Nummern.

Hauptordner | Unterordner | Bildnummern

Pferde, Tiere, Katzen, Hunde

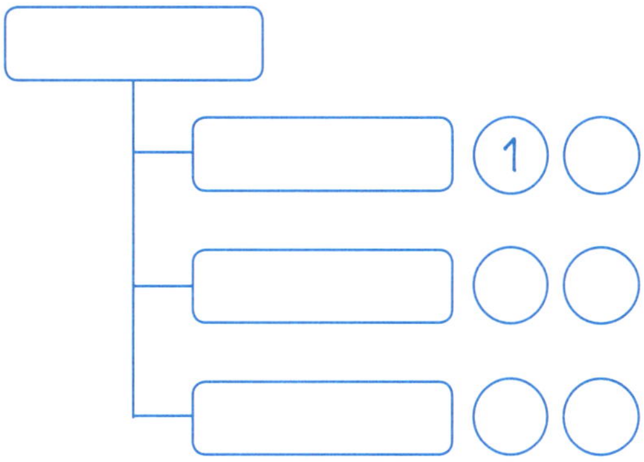

1 

2 

3 

4 

5 

6 

6 Algorithmus

1. Schritt: Lege den blauen Quader.
2. Schritt: Stelle den blauen Würfel links darauf.
3. Schritt: Stelle den gelben Würfel rechts darauf.
4. Schritt: Lege den roten Quader auf die beiden Würfel.
5. Schritt: Stelle die gelbe Pyramide oben in die Mitte.

1 Passt das Bauwerk zu Mias Bauanleitung? Lest und vergleicht.

2 Linus hat mit den gleichen Bauteilen ein anderes Bauwerk gebaut.
Bringe die Teile der Bauanleitung in die richtige Reihenfolge. Trage ein.

Bauteile

Bauanleitung

___ Schritt: Lege den blauen Quader.

___ Schritt: Lege den roten Quader.

___ Schritt: Stelle den gelben Würfel mittig auf den Quader.

___ Schritt: Stelle den blauen Würfel mittig auf den Quader.

___ Schritt: Stelle die gelbe Pyramide darauf.

Bauwerk

3 Mia hat mit den gleichen Bauteilen noch ein Bauwerk gebaut. Ergänze.

blauen, blauen, gelbe, gelben, roten, Pyramide, ~~Quader~~, ~~Quader~~, Würfel, Würfel

Bauteile

Bauanleitung

1. Schritt: Lege den ________ Quader .
2. Schritt: Stelle den ________ Quader hochkant darauf.
3. Schritt: Stelle den ________ ________ darauf.
4. Schritt: Stelle den ________ ________ darauf.
5. Schritt: Stelle die ________ ________ darauf.

Bauwerk

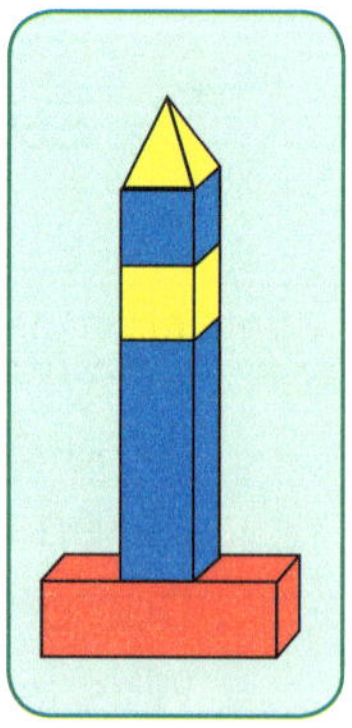

4 Ergänze die Bauanleitung.

Bauteile

Bauwerk

Bauanleitung

1. Schritt: Stelle einen roten _____ auf den Boden.
2. Schritt: Stelle mit etwas Abstand rechts daneben einen _____ _____.
3. Schritt: Stelle mit genauso viel Abstand links daneben einen _____ _____.
4. Schritt: Lege einen _____ _____ über alle Würfel.
5. Schritt: Stelle auf die linke Hälfte einen _____ _____.
6. Schritt: Stelle direkt rechts daneben einen _____ _____.

5 Denke dir selbst eine Bauanleitung aus. Färbe die Bauteile. Male ein Bauwerk. Schreibe dann eine Bauanleitung.

meine Bauteile

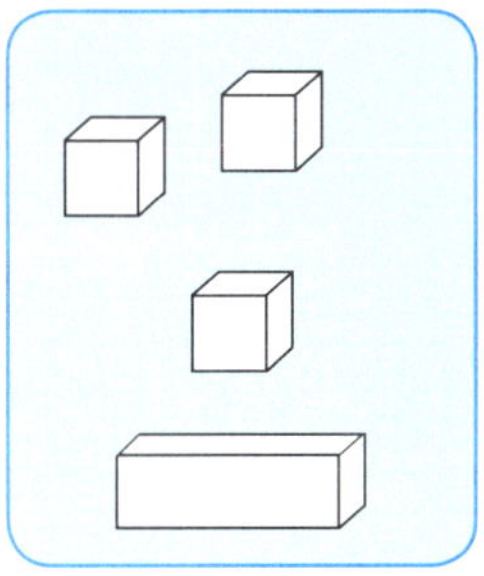

Hilfen für die Bauanleitung

lege, stelle
rechts, links
Quader, Würfel
darauf, in die Mitte

mein Bauwerk

meine Bauanleitung

1. Schritt: _____
2. Schritt: _____
3. Schritt: _____
4. Schritt: _____

6 Arbeitet zu zweit. Legt die gleichen Bauteile vor euch bereit.
Setzt euch so, dass ihr nicht seht, was das andere Kind baut. Ein Kind baut mit seinen Teilen ein Bauwerk und beschreibt dem anderen Kind möglichst genau, was es tut.
Das andere Kind baut mit. Vergleicht eure Bauwerke.
Was ist gleich, wo gibt es Unterschiede? Warum? Wechselt euch ab.

5 Die Kinder können das Bauwerk von vorne zeichnen (ohne Perspektive).

Algorithmus

Ein **Algorithmus** ist eine **Handlungsvorschrift**, die aus einer **eindeutigen Abfolge von Einzelschritten** besteht. Zum Beispiel ist eine Bauanleitung ein Algorithmus.
Es wird genau beschrieben, was nacheinander zu tun ist.
Den Begriff **Algorithmus** gibt es schon viel länger als Computer.
Einen Algorithmus kann man in menschlicher Sprache formulieren oder in einer Sprache, die Computer verstehen.
Eine Sprache, die der Computer versteht, heißt **Programmiersprache**.
Ein in einer Programmiersprache geschriebener Algorithmus heißt **Programm**.
Man sagt manchmal auch **Code**.
Das Schreiben von Programmen heißt **Programmieren** oder **Coden**.
Mit einem Algorithmus löst man ein Problem.
Eine **Eingabe** wird von einem Programm zu einer **Ausgabe verarbeitet**.
Ein Handlungsschritt wird auch **Aktion** oder **Befehl** oder **Anweisung** genannt.

Das EVA-Prinzip:

Eingabe E	Verarbeitung V	Ausgabe A
Bauteile	Bauanleitung = Algorithmus	Bauwerk
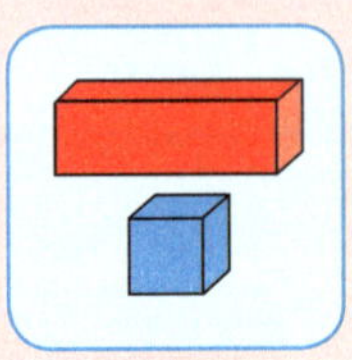	1. Schritt: Lege den roten Quader. 2. Schritt: Stelle den blauen Würfel mittig darauf.	

Bauanleitungen für Gebäude sind Beispiele für Algorithmen in menschlicher Sprache. Eingabe sind die Bauteile und Ausgabe ist das Gebäude.

1 Trage die Begriffe ein. Ein Begriff bleibt übrig.

Algorithmus, Bauanleitung, Programm

a) Die Übersetzung eines Algorithmus für den Computer heißt ________________ .

b) Eine eindeutige Handlungsvorschrift heißt ____________________________ .

2 Wie viele Bauteile hat die Eingabe für den Algorithmus in der Info-Box oben? ______

Wie viele Handlungsschritte hat der Algorithmus in der Info-Box oben? ______

Verschiedene Reihenfolge – gleiches Ergebnis

Bei den Algorithmen zum Bauen von Gebäuden hast du immer genau eine feste Reihenfolge von Handlungsschritten ausgeführt, um das gewünschte Bauwerk zu erhalten. Es gibt jedoch viele Algorithmen, bei denen verschiedene Reihenfolgen von Handlungsschritten zum gleichen gewünschten Ergebnis führen.

1 Formuliere für dieses Bauwerk zwei verschiedene Reihenfolgen von Handlungsschritten.

Bauanleitung 1:

1. Schritt: Lege den blauen Quader als Boden.
2. Schritt: Stelle einen blauen Würfel auf den linken Teil.
3. Schritt: Stelle einen ________ Würfel auf den ________ Teil.
4. Schritt: Lege den roten Quader quer auf beide Würfel.

Bauanleitung 2:

1. Schritt: Lege den blauen Quader als Boden.
2. Schritt: Stelle einen ________ Würfel auf den rechten Teil.
3. Schritt: Stelle einen ________ Würfel auf den ________ Teil.
4. Schritt: Lege den roten Quader quer auf beide Würfel.

2 Die Handlungsschritte für dieses Bauwerk kannst du in verschiedenen Reihenfolgen durchführen. Ein Beispiel ist bereits gegeben. Finde drei weitere passende Wege für dieses Bauwerk. Trage dazu die Buchstaben in die Tabelle ein.

A Stelle einen blauen Würfel.

B Stelle einen gelben Würfel mit etwas Abstand links neben den blauen Würfel.

C Lege einen roten Quader quer auf den gelben und den blauen Würfel.

D Lege einen gelben Quader quer auf den blauen und den roten Würfel.

E Stelle einen roten Würfel mit etwas Abstand rechts neben den blauen Würfel.

ein Bauwerk – verschiedene Bauanleitungen

Schritt	Weg 1	Weg 2	Weg 3	Weg 4	Weg 5	Weg 6
1. Schritt	A	A	A	A		
2. Schritt	B					
3. Schritt	C					
4. Schritt	E					
5. Schritt	D					

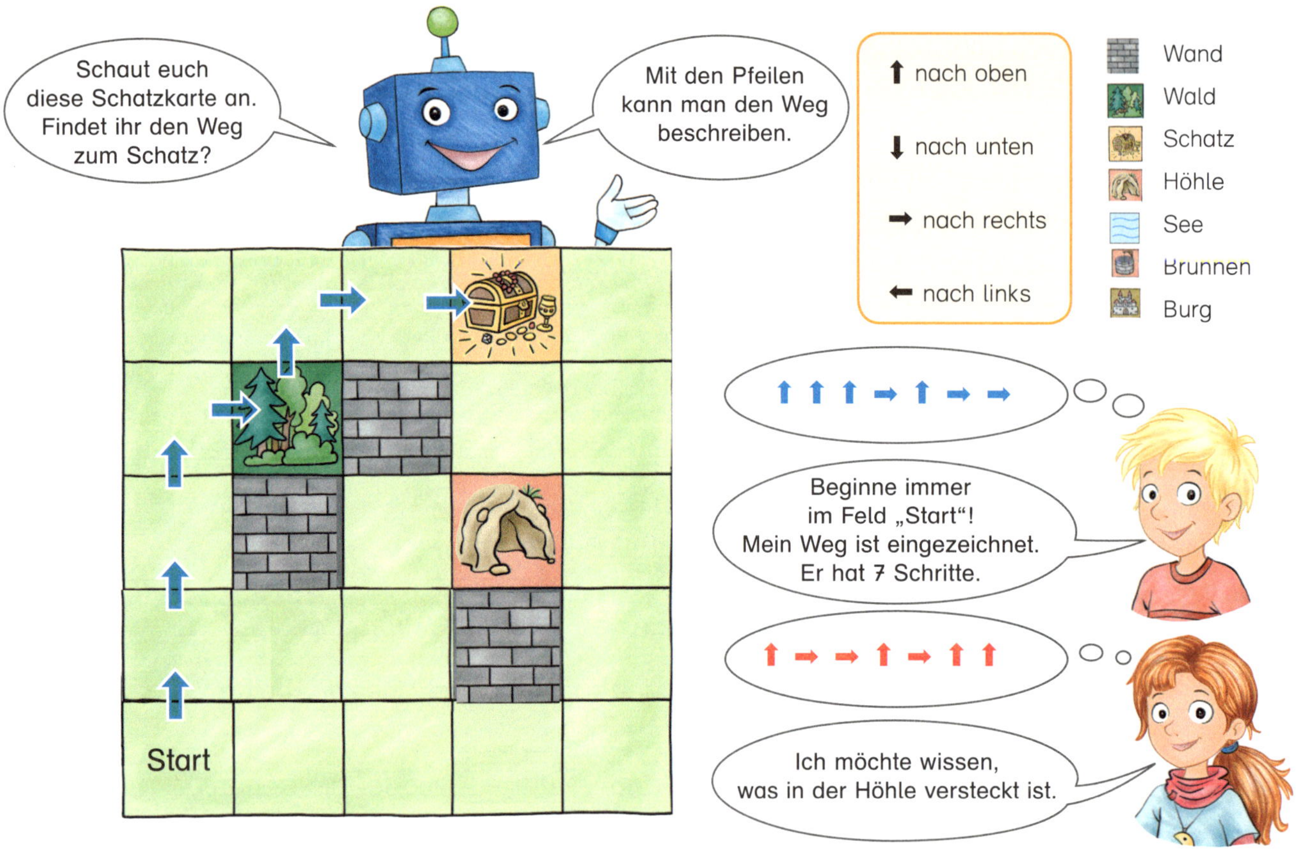

1 Schatzsuche

a) Zeichne in der Schatzkarte oben den Weg von Mia rot ein.

b) Ingo wählt diesen Weg: → ↑ ← ↑ ↑ ↑ → → → Zeige seinen Weg auf der Schatzkarte.

c) Aus wie vielen Schritten bestehen die Wege jeweils?

Linus: ___ Schritte Mia: ___ Schritte Ingo: ___ Schritte

d) Suche einen eigenen Weg vom Start zum Schatz. Schreibe auf.

____

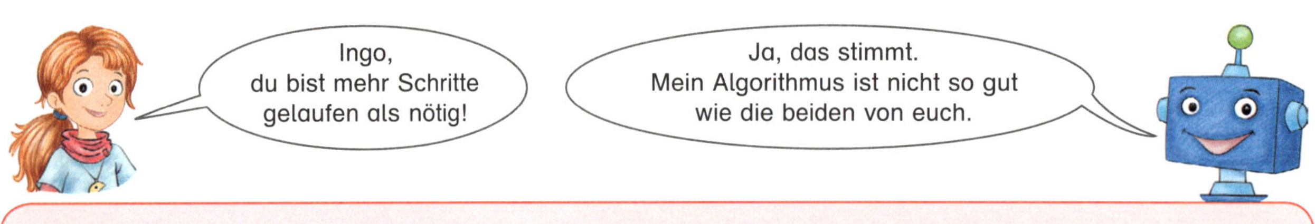

Verschiedene Anzahlen von Schritten – gleiches Ergebnis

Algorithmen können eine Aufgabe mit unterschiedlich vielen Handlungsschritten lösen. Je mehr Handlungsschritte ausgeführt werden müssen, desto länger dauert es, bis ein Programm für eine Eingabe die gesuchte Ausgabe liefert. Wenn man sich einen Algorithmus ausdenkt, sollte man immer versuchen, ein Vorgehen zu wählen, das möglichst wenig Handlungsschritte benötigt.

2

a) Finde einen Weg vom Start zum Schatz.

____

b) Finde den kürzesten Weg vom Start zum Schatz.

____

c) Finde zwei verschiedene Wege mit zehn Schritten vom Start zum Schatz.

Weg 1: _______________________________

Weg 2: _______________________________

d) Finde einen Weg vom Start zur Burg.

____

e) Finde den kürzesten Weg vom Start zur Burg.

____

f) Richtig oder falsch? Kreuze an.

	richtig	falsch
Es gibt einen Weg mit 11 Schritten von der Burg zur Höhle.		
Es gibt einen Weg mit 9 Schritten vom Wald zum Brunnen.		
Die Anzahl der Schritte vom Start zum Schatz ist immer gerade.		

g) Ergänze so, dass der Weg stimmt.

vom Start zum Schatz: ↓ ▢ ▢ ▢ ▢ ▢ ▢ →

von der Burg zum Schatz: ↓ ← ▢ ▢ ▢ ▢ → → ▢

von der Höhle zum Brunnen: ↓ ▢ ↓ ↓ ← ▢ ↓

vom ____________ zur Höhle: ↑ → ▢ ▢ →

3 Wegediktat: Spielt zu zweit. Jeder denkt sich ein Ziel und einen Weg vom Start zum Ziel aus. Diktiert euch gegenseitig euren Weg. Das andere Kind nennt jeweils das Ziel.

mein Ziel: _______________________________

mein Weg: _______________________________

diktierter Weg: _______________________________

Ziel im Diktat: _______________________________

1 Mia diktiert Ingo den Weg zum Schatz. Ingo hat im Startfeld angefangen. Er kann nur geradeaus laufen. Wenn er die Richtung ändern soll, muss er sich nach rechts oder nach links drehen. Versetze dich in Ingo und laufe den Weg in Gedanken mit.

Welche Befehlsreihe passt?

A

▲
|– 1 –|
|– 1 –|
|– 1 –|
↱
|– 1 –|
|– 1 –|

B

▲
|– 4 –|
↱
|– 3 –|

Befehle:	
Start (Blick in Pfeilrichtung)	▲
gehe einen Schritt geradeaus	|– 1 –|
gehe drei Schritte geradeaus	|– 3 –|
drehe dich nach links	↰
drehe dich nach rechts	↱

Es passt Befehlsreihe ◯.

2 Welche Befehlsreihe passt zu dem eingezeichneten Weg zur Höhle? Kreuze an.

▲	▲	▲	▲
↰	↱	↱	|– 4 –|
|– 4 –|	|– 4 –|	|– 4 –|	↰
↰	↰	↱	|– 2 –|
|– 2 –|	|– 2 –|	|– 2 –|	↰
↱	↰	↰	|– 1 –|
|– 1 –|	|– 1 –|	|– 1 –|	
◯ passt	◯ passt	◯ passt	◯ passt
◯ passt nicht	◯ passt nicht	◯ passt nicht	◯ passt nicht

Das Startsymbol gibt nur die Blickrichtung vor, es beinhaltet noch keinen ersten Schritt.

3 Ingos Wege sind rot eingezeichnet. Programmiere die Wege für Ingo.
Schreibe dazu eine Befehlsreihe.

a) Quadrat: Kantenlänge 1 Schritt

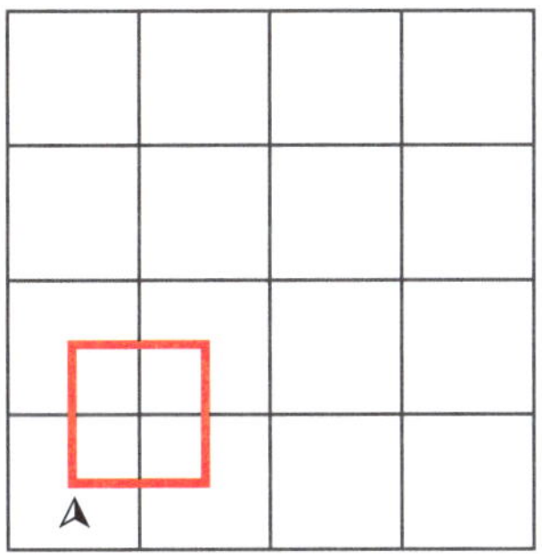

▲
|— 1 —|
↱

b) Rechteck: 3 Schritte hoch, 2 Schritte breit

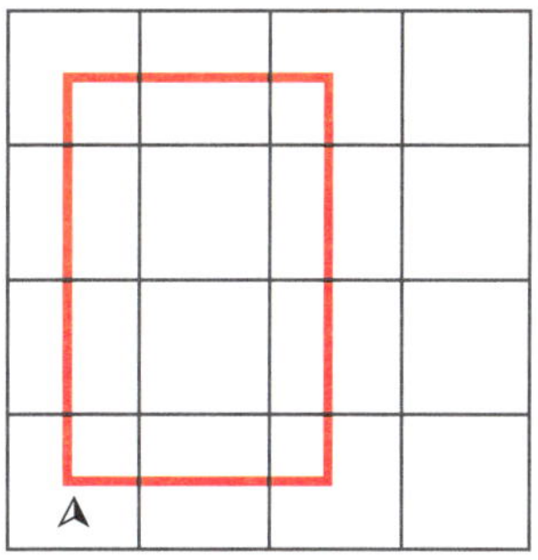

▲

4 Zeichne jeweils Ingos Weg ein.

a)

▲
|— 2 —|
↱
|— 2 —|
↰
|— 1 —|
↱
|— 1 —|

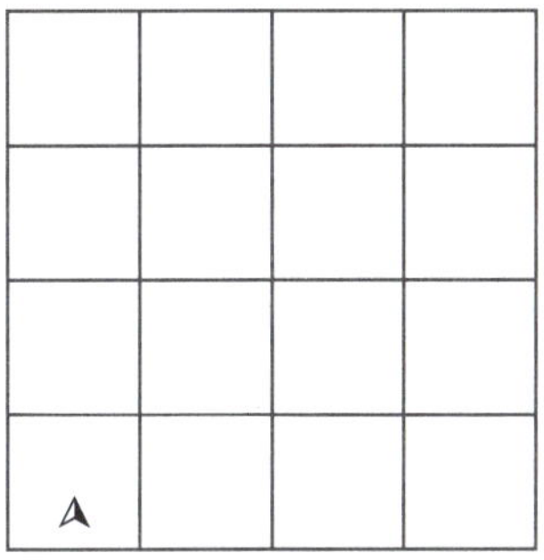

b)

▲
↱
|— 2 —|
↰
|— 2 —|
↱
|— 1 —|
↰
|— 1 —|

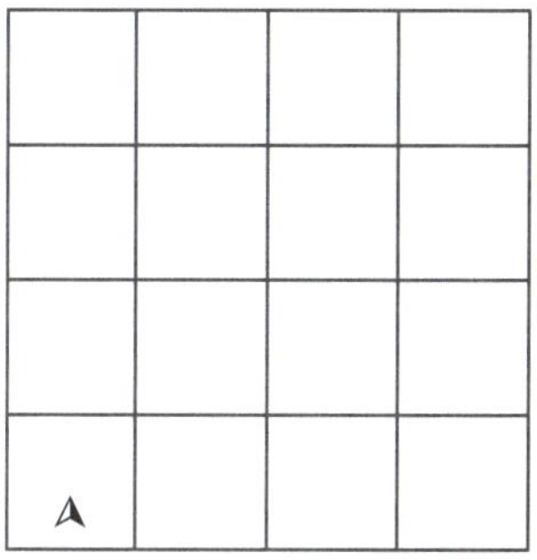

5 Wegediktat: Spielt zu zweit. Jedes Kind zeichnet einen Weg und schreibt dazu ein Programm. Diktiert euch gegenseitig eure Programme. Vergleicht eure Bilder.

mein Weg:

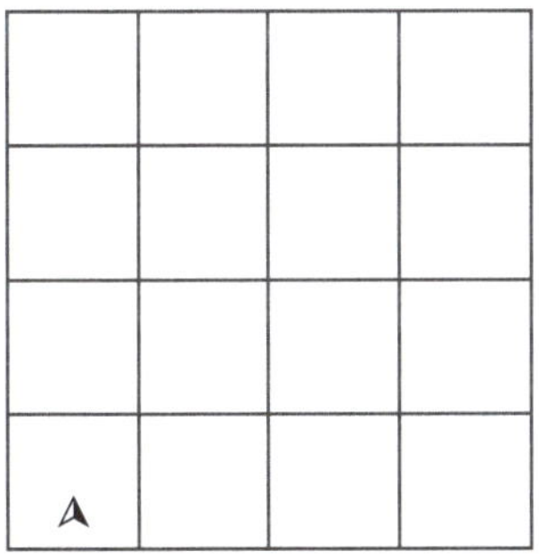

mein Programm:

▲

diktiertes Programm:

▲

diktierter Weg:

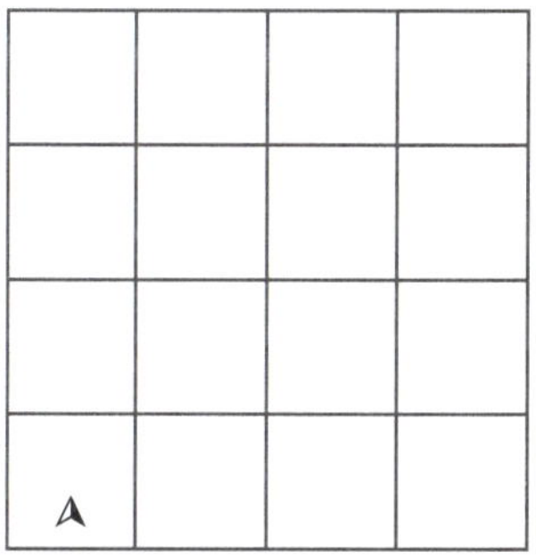

Bedingte Anweisungen: WENN – DANN

Manche Handlungen kann man nur ausführen, wenn man in einer bestimmten Situation ist.
Zum Beispiel kann man nur etwas kaufen, wenn man Geld dabei hat.
Hier ist die **Bedingung** „Geld dabei haben" und die **Handlung** „einkaufen".
Kommen solche Bedingungen in einem Algorithmus oder einem Programm vor, spricht man von **bedingten Anweisungen**.
Die Bedingung steht hinter einem **WENN**, die Handlung oder Anweisung hinter einem **DANN**.

Beispiel: **WENN** ich Geld dabei habe, **DANN** kaufe ich ein.

1 Was gehört zusammen? Verbinde die bedingten Anweisungen sinnvoll.

WENN die Seite voll ist,	DANN biege ab.
WENN vor dir eine Wand ist,	DANN stelle ihn auf den blauen.
WENN ein roter Würfel übrig ist,	DANN blättere auf die nächste Seite.

Bedingte Anweisungen: WENN – DANN – SONST

Manchmal muss man je nachdem, was gilt, etwas Verschiedenes tun.
In dem Fall kommt bei der bedingten Anweisung noch ein **SONST** dazu.

Beispiel: **WENN** die Ampel grün ist, **DANN** fahre, **SONST** halte an.

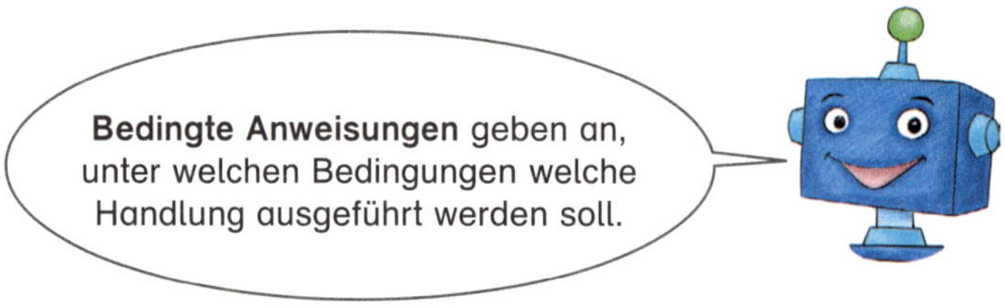

2 Sind diese bedingten Anweisungen sinnvoll? Kreuze an.

	sinnvoll	nicht sinnvoll
WENN die Ampel rot ist, DANN gehe los, SONST bleibe stehen.		
WENN es regnet, DANN öffne den Regenschirm, SONST lasse ihn zu.		
WENN es Montag ist, DANN gehe zur Schule, SONST ziehe dich warm an.		

3 Bedingte Anweisungen bei Bauanleitungen

Zeichne das Bauwerk fertig.

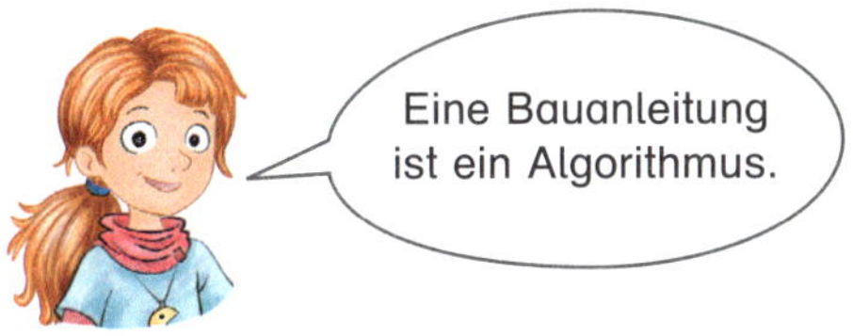

Bauanleitung

Lege den gelben Quader als Boden.
WENN ein roter Würfel vorhanden ist,
DANN stelle ihn darauf,
SONST stelle einen blauen Würfel darauf.

a) Bauteile Bauwerk

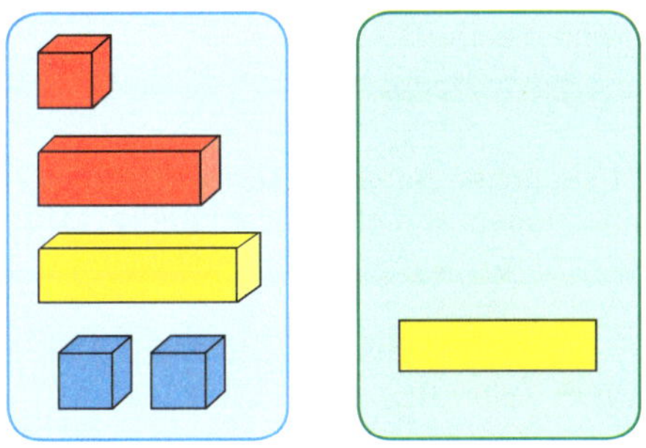

b) Bauteile Bauwerk

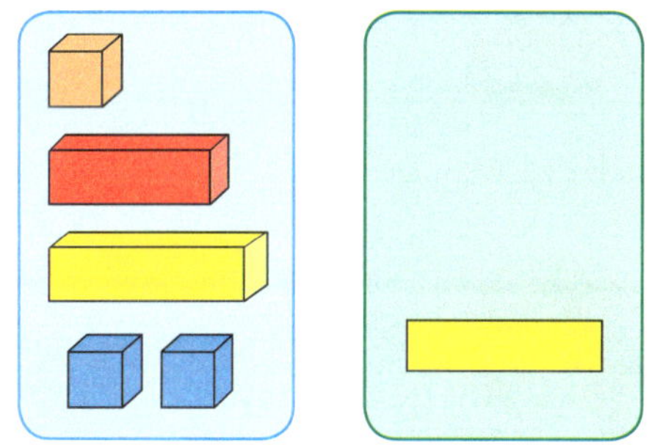

4 Bedingte Anweisungen bei Wegen

Algorithmus

WENN keine Wand vor dir ist,
DANN gehe einen Schritt geradeaus,
SONST drehe nach rechts und gehe einen Schritt geradeaus.

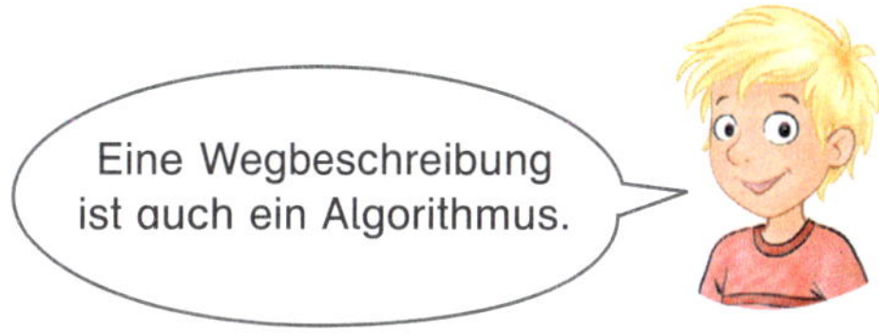

Welcher Weg und welches Programm gehören zu welcher Anweisung? Kreuze an.

a)

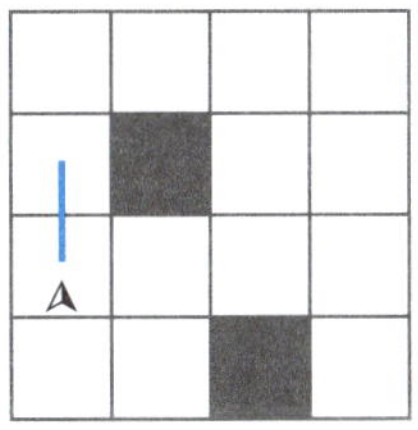

◯ DANN ◯ SONST

b)

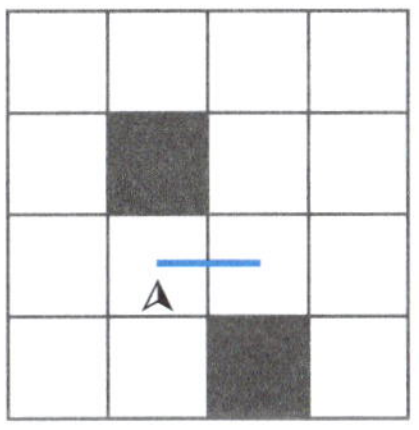

◯ DANN ◯ SONST

c)

◯ DANN ◯ SONST

d)

◯ DANN ◯ SONST

5 Führe den Algorithmus jeweils aus. Schreibe die Befehlsreihe dazu.

Algorithmus

WENN ein See vor dir ist,
DANN drehe nach links und
gehe 1 Schritt geradeaus,
SONST gehe 1 Schritt geradeaus.

a)

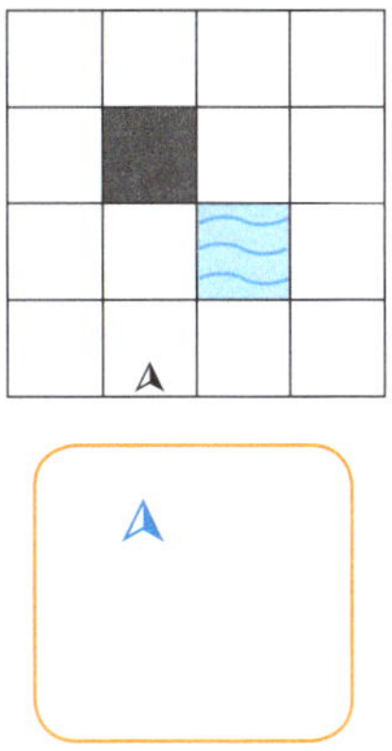

b)

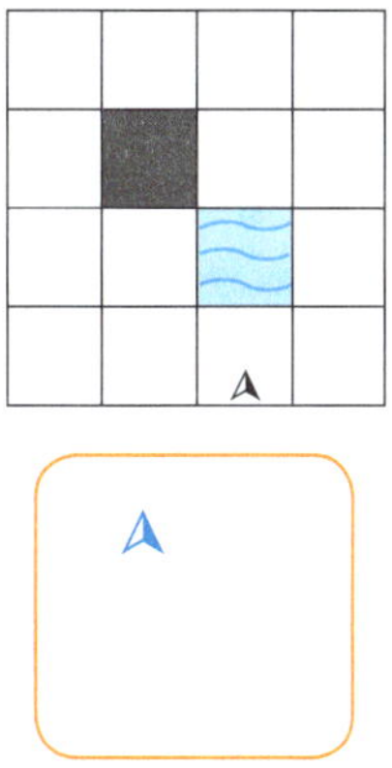

c)

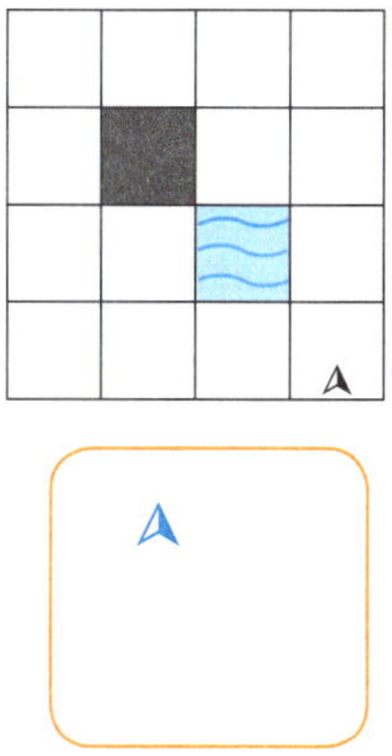

Algorithmen für ein Quadrat mit zwei Schritten Länge

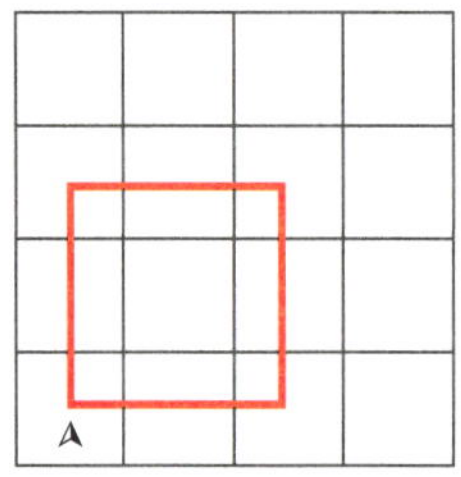

Starte bei ▲
gehe zwei Schritte geradeaus
drehe dich nach rechts
gehe zwei Schritte geradeaus
drehe dich nach rechts
gehe zwei Schritte geradeaus
drehe dich nach rechts
gehe zwei Schritte geradeaus
drehe dich nach rechts

▲
|— 2 —|
↱
|— 2 —|
↱
|— 2 —|
↱
|— 2 —|
↱

Doch, das geht einfacher, mit einer **Zählschleife**. Du musst dabei sagen, wie oft hintereinander welche Befehlsreihe ausgeführt werden soll.

Starte bei ▲
WIEDERHOLE 4-MAL:
    gehe zwei Schritte geradeaus
    drehe dich nach rechts

▲
WIEDERHOLE 4-MAL
    |— 2 —|
    ↱

1 Vergleiche die beiden Algorithmen oben für ein Quadrat mit zwei Schritten Länge.

2 Schreibe einen Algorithmus für ein Quadrat mit drei Schritten Länge.

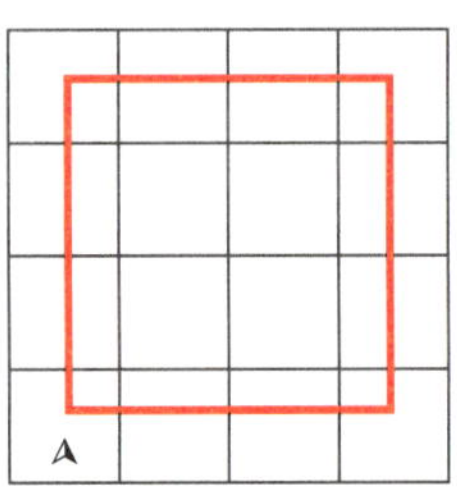

Starte bei ▲
WIEDERHOLE ____-MAL:
    gehe ____ Schritte geradeaus
    drehe dich nach ________

▲
WIEDERHOLE ____-MAL
    ____
    ____

Zählschleifen

Wenn eine Handlung oder eine Folge von Handlungen mehrfach nacheinander ausgeführt werden muss, kann man eine **Zählschleife** nutzen.
Dazu schreibt man **WIEDERHOLE ____-MAL** und schreibt die Handlungsvorschriften, die mehrfach durchgeführt werden sollen, **eingerückt** darunter, also etwas weiter nach rechts.

Beispiel: Algorithmus für ein Quadrat mit einem Schritt Länge

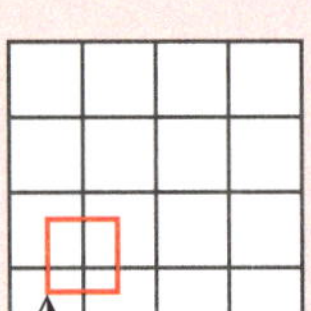

Starte bei ▲
WIEDERHOLE 4-MAL:
    gehe einen Schritt geradeaus
    drehe dich nach rechts

oder

▲
WIEDERHOLE 4-MAL
    |— 1 —|
    ↱

Beim Verwenden einer Zählschleife muss oft im Programm weniger Text geschrieben werden. Wenn das Programm ausgeführt wird, sind aber ebenso viele Schritte wie ohne Zählschleife auszuführen; das Programm ist also nicht schneller.

3 Zwei der Algorithmen passen nicht zu dem Weg. Streiche sie durch.

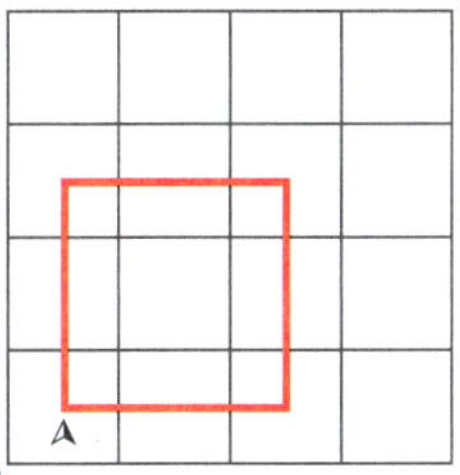

▲
WIEDERHOLE 4-MAL
    |– 2 –|
    ↱
	▲
	WIEDERHOLE 4-MAL
	    |– 2 –|
	    ↰
		▲
		WIEDERHOLE 2-MAL
		    |– 2 –|
		    ↱
		    |– 2 –|
		    ↱

▲
WIEDERHOLE 4-MAL
    |– 1 –|
    |– 1 –|
    ↱
	▲
	|– 2 –|
	WIEDERHOLE 3-MAL
	    ↱
	    |– 2 –|
	↱
		▲
		WIEDERHOLE 3-MAL
		    |– 2 –|
		    ↱

4 Welcher Algorithmus gehört zu welchem Weg? Verbinde.

▲
WIEDERHOLE 2-MAL
    |– 2 –|
    ↱
    |– 1 –|
    ↱
	▲
	WIEDERHOLE 2-MAL
	    |– 1 –|
	    ↱
	    |– 2 –|
	    ↱
		▲
		WIEDERHOLE 3-MAL
		    ↱
		    |– 1 –|
		    ↰
		    |– 1 –|

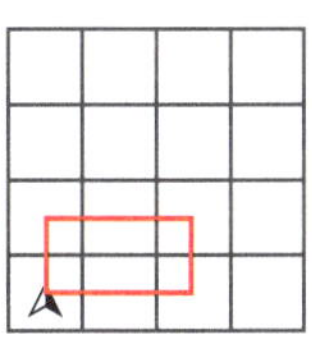

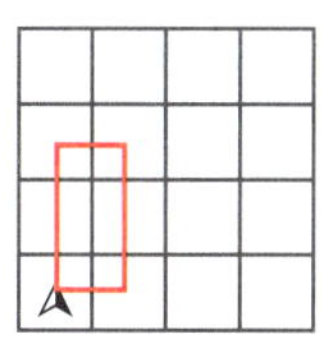

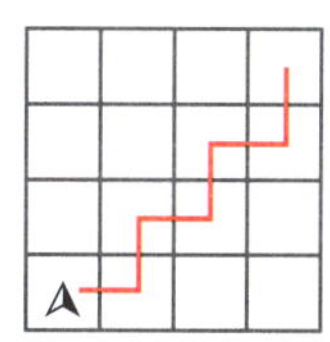

5 Schreibe einen Algorithmus mit Zählschleife. Überlege, was du wiederholt tun kannst.

a)

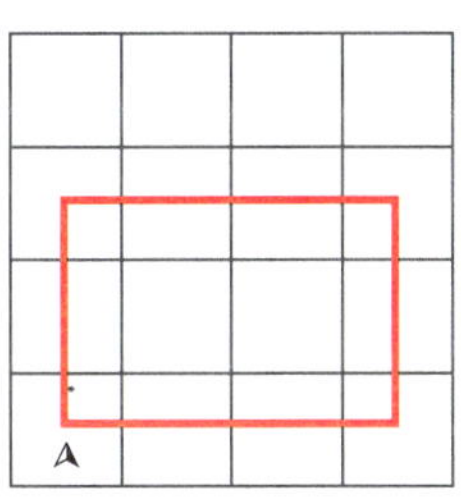

b)

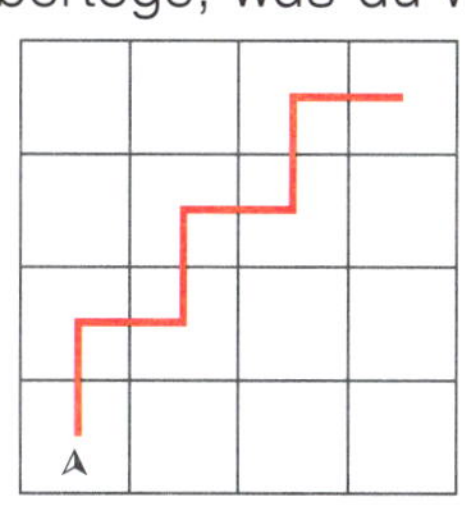

a)
▲
WIEDERHOLE ____-MAL
____
____
____
____

b)
▲
WIEDERHOLE ____-MAL
____
____
____
____

1 Schreibe einen Algorithmus zum Bau eines Turms aus fünf Würfeln.
Verwende eine Zählschleife. Zeichne das Bauwerk.

a) Bauteile

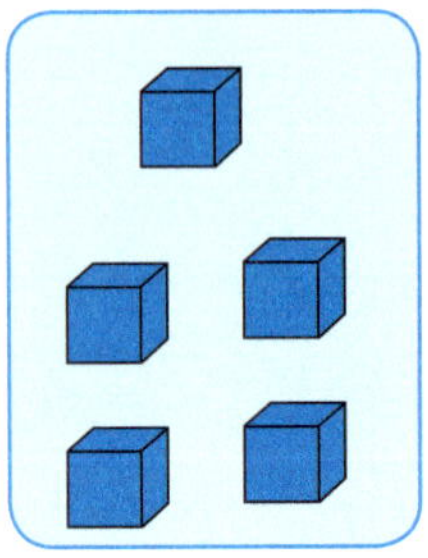

Bauanleitung – ohne Zählschleife

Setze einen blauen Würfel auf den Tisch.
Setze einen blauen Würfel auf den Turm.
Setze noch einen blauen Würfel auf den Turm.
Setze noch einen blauen Würfel auf den Turm.
Setze noch einen blauen Würfel auf den Turm.

Bauwerk

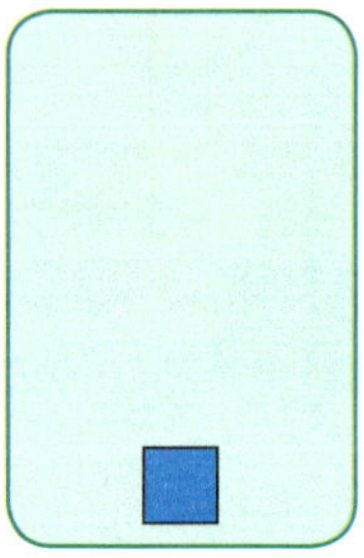

Bauanleitung – mit Zählschleife

Setze einen blauen Würfel auf den Tisch.
WIEDERHOLE ____-MAL:
    Setze einen ________ Würfel auf den Turm.

b) Bauteile

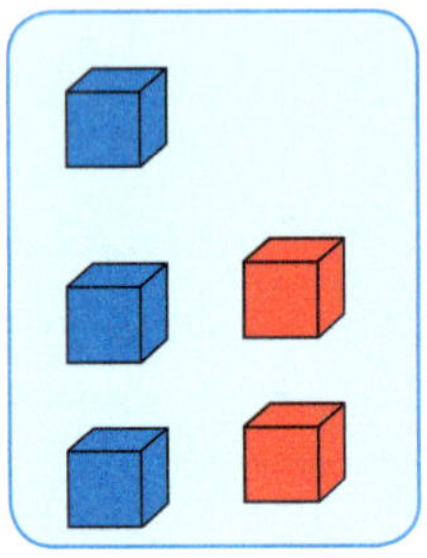

Bauanleitung – ohne Zählschleife

Setze einen blauen Würfel auf den Tisch.
Setze einen roten Würfel auf den Turm.
Setze einen blauen Würfel auf den Turm.
Setze einen roten Würfel auf den Turm.
Setze einen blauen Würfel auf den Turm.

Bauwerk

Bauanleitung – mit Zählschleife

Setze einen ________ Würfel auf den Tisch.
WIEDERHOLE ____-MAL:
    Setze einen ________ Würfel auf den Turm.
    Setze einen ________ Würfel auf den Turm.

2 Schreibe eine Bauanleitung mit Zählschleife zu dem Bauwerk.

Bauteile

Bauanleitung – mit Zählschleife

Setze einen ________ Würfel auf den Tisch.
WIEDERHOLE ____-MAL:
    Setze einen ________ Würfel auf den Turm.
    Setze einen ________ Würfel auf den Turm.

Bauwerk

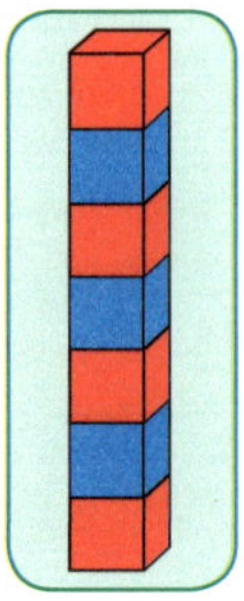

1 Die Kinder können die Bauwerke von vorne zeichnen (ohne Perspektive).

Solange-Schleifen

Wenn man nicht weiß, wie oft genau man eine Handlung oder eine Folge von Handlungen wiederholen muss, kann man eine **Solange-Schleife** verwenden. Dazu schreibt man **WIEDERHOLE SOLANGE BIS** und schreibt die Handlungsvorschriften, die mehrfach durchgeführt werden sollen, **eingerückt** darunter. Vor oder nach Schleifen können auch Befehle stehen; diese sind dann nicht eingerückt.

Beispiel:

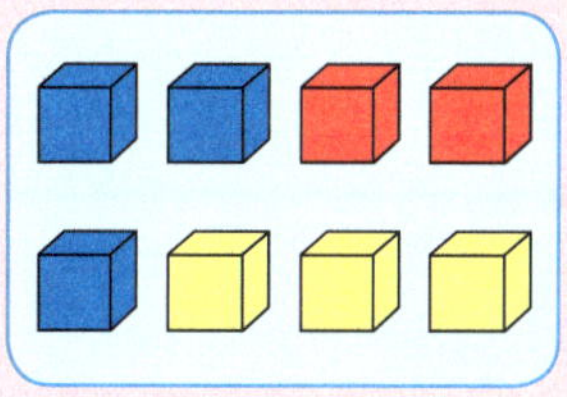

Setze einen gelben Würfel.
WIEDERHOLE SOLANGE BIS keine roten Würfel mehr da sind:
    Setze einen blauen Würfel auf den Turm.
    Setze einen roten Würfel auf den Turm.
Setze einen gelben Würfel auf den Turm.

3 Welche Algorithmen passen zu dem Bauwerk? Kreuze an.

Bauwerk

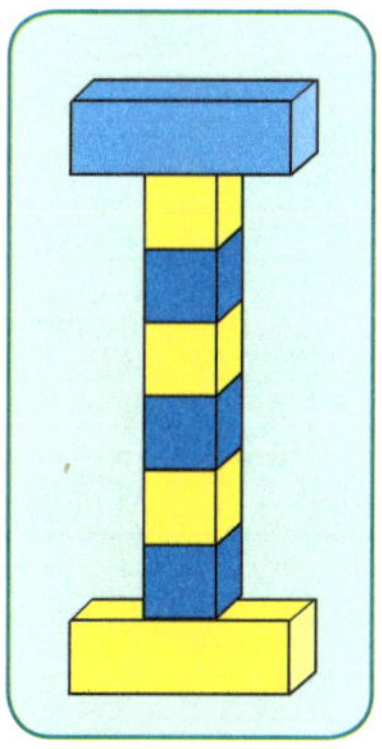

○ Lege einen gelben Quader auf den Tisch.
WIEDERHOLE SOLANGE BIS keine blauen Würfel mehr da sind:
    Setze einen blauen Würfel auf den Turm.
    Setze einen gelben Würfel auf den Turm.
Lege einen blauen Quader auf den Turm.

○ Lege einen gelben Quader auf den Tisch.
WIEDERHOLE SOLANGE BIS keine blauen Würfel mehr da sind:
    Setze einen blauen Würfel auf den Turm.
    Setze einen gelben Würfel auf den Turm.
    Lege einen blauen Quader auf den Turm.

○ Lege einen gelben Quader auf den Tisch.
WIEDERHOLE 3-MAL:
    Setze einen blauen Würfel auf den Turm.
    Setze einen gelben Würfel auf den Turm.
Lege einen blauen Quader auf den Turm.

4 Schreibe einen Algorithmus zu diesem Bauwerk.

Bauteile

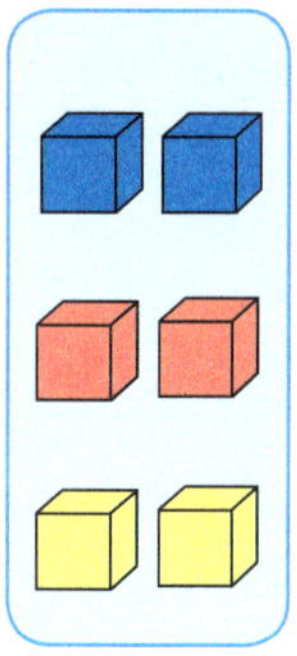

Bauanleitung

Setze einen ________ Würfel auf den Tisch.
WIEDERHOLE ______________________________
    Setze einen ________ Würfel auf den Turm.
    Setze einen ________ Würfel auf den Turm.
____

1 Algorithmen begegnen uns in vielen Bereichen im Alltag, zum Beispiel bei Kochrezepten. Um Nudeln zu kochen, musst du die richtige Reihenfolge einhalten.
Sortiere die einzelnen Schritte. Trage die richtige Reihenfolge ein.

○ Nudeln neun Minuten kochen lassen.

○ Nudeln und eine Prise Salz ins kochende Wasser geben.

○ Wasser zum Kochen bringen.

○ Nudeln abschütten.

2 a) Finde eine sinnvolle Reihenfolge vom Aufstehen bis zur Schule.
Beginne mit A und ende mit F. Trage die anderen Buchstaben passend ein.

A

B

C

D

E

F

G

H

I

J

Meine Reihenfolge: A ○ ○ ○ ○ ○ ○ ○ ○ ○

b) Vergleicht miteinander. Besprecht die Unterschiede.

2 Es müssen nicht alle Situationen verwendet werden; die Reihenfolge kann unterschiedlich sein. Bei der Diskussion wiederholen, dass unterschiedliche Algorithmen zum gleichen Ziel führen können. An das EVA-Prinzip erinnern, siehe Seite 48 bzw. Seite 54,

Meine Fachbegriffe

Algorithmus, Anweisung, bedingte Anweisung, Programm, Programmieren, Programmiersprache, Solange-Schleife, Zählschleife

1 Überprüfe die Aussagen. Kreuze an.

	richtig	falsch
a) Ein Programm ist die Übersetzung eines Algorithmus für den Computer.		
b) Menschen haben schon Computer gebaut, bevor sie sich Algorithmen ausgedacht haben.		
c) Anweisung und Programm meint das Gleiche.		
d) Wenn man eine Zählschleife nutzt, muss man meistens weniger schreiben.		

2 Welche Anweisung passt? Kreuze an. Schreibe die Ausgabe auf.

a)

WENN das Tier fliegen kann,
DANN antworte „Vogel“,
SONST antworte „Hund“.

○ DANN
○ SONST

Ausgabe: ____________

b)

WENN das Tier vier Beine hat,
DANN antworte „Hund“.
SONST antworte „Vogel“.

○ DANN
○ SONST

Ausgabe: ____________

3 Welcher Algorithmus gehört zu welchem Bauwerk? Ordne zu.

A
Setze einen blauen Würfel.
WIEDERHOLE 4-MAL:
    Setze einen roten Würfel auf den Turm.
WIEDERHOLE 3-MAL:
    Setze einen gelben Würfel auf den Turm.

1 2 3

B
Setze einen blauen Würfel.
WIEDERHOLE SOLANGE BIS keine roten Würfel mehr da sind:
    Setze einen roten Würfel auf den Turm.
    Setze einen blauen Würfel auf den Turm.
Setze einen gelben Würfel auf den Turm.

C
Setze einen blauen Würfel.
WIEDERHOLE SOLANGE BIS keine roten Würfel mehr da sind:
    Setze einen roten Würfel auf den Turm.
    Setze einen blauen Würfel auf den Turm.
WIEDERHOLE 3-MAL:
    Setze einen gelben Würfel auf den Turm.

Das gehört zusammen: A ○ B ○ C ○

7 Suchen und Sortieren

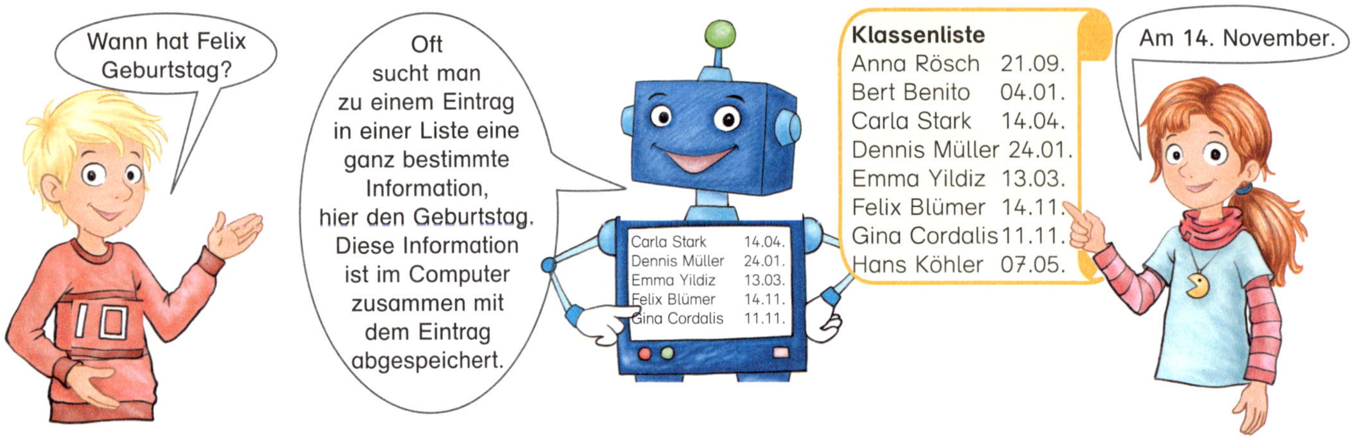

1 Wann haben die Kinder Geburtstag? Lies in der Liste ab. Trage ein.

Felix: ________ Emma: ________ Gina: ________ Dennis: ________

2 Trage die Geburtstage in die Liste ein.

Name	Geburtstag
Bert	
Hans	
Carla	
Anna	

Bert Hans Carla Anna

3 Jedes Kind hat sich ein Tier ausgesucht. Trage in die Tabelle ein.

Hund Katze Dromedar Elefant Igel Fisch Eichhörnchen

Bert Dennis Emma Carla Felix Anna

Name	Tier
Emma	
Anna	
Felix	
Bert	
Dennis	
Carla	

a) Welches Kind hat welches Tier gewählt? Fülle die Liste aus.

b) Welche Tiere wurden mehr als einmal gewählt?

____

c) Welche Tiere wurden nicht ausgewählt?

____

4 Bildet Gruppen von vier oder fünf Kindern. Tragt in die Liste euren Vornamen und jeweils euer Lieblingstier ein.
Die Reihenfolge könnt ihr selbst aussuchen.
Mehrere Kinder können das gleiche Tier auswählen.
Stellt euch gegenseitig Fragen zur Liste.

Name	Lieblingstier

5 Mia hat einige Tierfiguren nebeneinander gestellt.
a) Fülle die Liste aus. Schreibe von links nach rechts.

Figur						
Position	1.	2.	3.	4.	5.	6.

b) An welcher Position steht das Schwein? an Position ____

c) Wie oft kommt eine Katze vor? ____-mal

Liste

In **Listen** werden Informationen zu einem Thema zusammengestellt, wie in Klassenlisten, Einkaufslisten oder bei einem Wunschzettel. Jeder Eintrag kommt in ein eigenes Feld. Man kann die Einträge untereinander oder nebeneinander schreiben.
Auch im Computer werden viele Informationen in Listen gespeichert. Die einzelnen Einträge werden in der Informatik als **Elemente** bezeichnet. Der Computer merkt sich die Reihenfolge der Elemente.

Element	Felix	Anna	Dennis	Gina	Carla	Bert	Hans	Emma
Position	1.	2.	3.	4.	5.	6.	7.	8.

In dieser Liste steht Felix an Position 1, Gina an Position 4 und Emma an Position 8.

Ein Element kann einmal, mehrfach oder gar nicht in einer Liste vorkommen. Wenn es zwei Kinder mit Namen Emma gibt, kommt der Name zweimal in der Liste vor.

Element	Felix	Anna	Emma	Gina	Carla	Bert	Hans	Emma
Position	1.	2.	3.	4.	5.	6.	7.	8.

Hier steht eine Emma an Position 3 und die andere an Position 8.

Listen sind oft **geordnet**. Klassenlisten sind meistens nach dem Namen sortiert. Listen können auch **unsortiert** sein – wie in Aufgabe 3.

1 Du hast acht Karten mit Kinderbildern. Mische die Karten und bilde einen Stapel. Nimm so lange von oben eine Karte weg, bis du die Karte mit Emma findest. Zähle, wie viele Karten du umdrehen musstest. Mische die Karten neu und suche wieder nach Emma. Wie viele Karten musstest du diesmal umdrehen?

Um Emma zu finden, musste ich so viele Karten umdrehen:
1. Versuch: ____ Karten 2. Versuch: ____ Karten 3. Versuch: ____ Karten

2 Du hast acht Karten mit Kinderbildern. Wähle eins dieser Kinder aus. Mische die Karten und lege sie so in einer Reihe, dass die Bilder verdeckt sind. Decke die Reihe von links nach rechts auf. Wie viele Schritte hast du gebraucht, bis du das Kind aufgedeckt hast? Schreibe die Anzahl auf. Mische neu und suche wieder von links nach rechts. Wiederhole das Spiel dreimal. Trage ein.
1. Versuch: ____ Karten 2. Versuch: ____ Karten 3. Versuch: ____ Karten

Was hast du beobachtet? Kreuze an.

	richtig	falsch
Ich habe das gesuchte Kind jedes Mal nach gleich vielen Schritten gefunden.		
Ich habe jedes Mal verschieden viele Schritte gebraucht, bis ich das Kind gefunden habe.		
Das gesuchte Kind war immer an der ersten Stelle. Ich musste nur eine Karte umdrehen.		
Ich musste immer alle Karten umdrehen.		
Das gesuchte Kind war an unterschiedlichen Positionen.		

3 Du hast acht Zahlenkarten. Sie liegen in dieser Reihenfolge. So kannst du dies in einer Liste notieren. Trage die fehlenden Zahlen ein.

25 52 8 7 51 6 9 16

Element	25	52						
Position	1.	2.	3.	4.	5.	6.	7.	8.

Suche von links nach rechts.
Wie viele Karten musst du anschauen, um die Zahl zu finden?

Suche nach 25: ____ Karte umdrehen Suche nach 52: ____ Karten umdrehen

Suche nach 6: ____ Karten umdrehen Suche nach 16: ____ Karten umdrehen

1 und 2 Jeweils dreimal spielen.

4 Du hast acht Karten mit Kinderbildern. Die Namen sind nun nach dem Alphabet sortiert. Lege die Karten verdeckt in eine Reihe. Suche immer von links nach rechts.

a) Wie viele Karten musst du umdrehen, um die gesuchte Karte zu finden?

Suche nach Anna: ____ Karte umdrehen
Suche nach Hans: ____ Karten umdrehen
Suche nach Dennis: ____ Karten umdrehen

b) So kannst du dies in einer Liste notieren. Trage die fehlenden Namen ein.

Element			Carla	Dennis		Felix	Gina	
Position	1.	2.	3.	4.	5.	6.	7.	8.

5 Wie viele Karten musst du umdrehen, bis du weißt, dass ein Kind mit Namen Dora nicht vorkommt? Suche immer von links nach rechts. Ergänze.
In der unsortierten Liste aus Aufgabe 1 muss ich ____ Karten umdrehen.
In der sortieren Liste aus Aufgabe 4 muss ich ____ Karten umdrehen, bis zum Namen ____________ , weil danach kein Kind mit Anfangsbuchstaben ____ mehr kommen kann.

Lineare Suche in Listen

Die einfachste Art, in einer Liste zu suchen, ist es, von vorne nach hinten jedes Element anzuschauen, bis man entweder das gesuchte Element gefunden hat oder bis sicher ist, dass das Gesuchte nicht dabei ist. Diese Suche heißt **lineare Suche**. Mit Glück kann man das Element ganz schnell finden, weil es sich am Anfang der Liste befindet. Wenn man Pech hat, muss man ganz viele Elemente anschauen.
Wenn man nach etwas sucht, was nicht vorkommt, muss man bei einer unsortierten Liste immer die ganze Liste durchsuchen; bei einer sortierten Liste muss man nur bis zu der Stelle suchen, vor der das Gesuchte einsortiert sein müsste.

Beispiel: Unsortierte Liste mit Zahlen:

Element	17	5	2	6	21	24	13	7	4	16
Position	1.	2.	3.	4.	5.	6.	7.	8.	9.	10.

Lineare Suche: nach 17: 1 Schritt; nach 16: 10 Schritte; nach 24: 6 Schritte;
nach 8: 10 Schritte bis klar ist, dass 8 nicht vorkommt

Beispiel: Sortierte Liste mit Zahlen:

Element	2	4	5	6	7	13	16	17	21	24
Position	1.	2.	3.	4.	5.	6.	7.	8.	9.	10.

Lineare Suche: nach 17: 8 Schritte; nach 16: 7 Schritte; nach 24: 10 Schritte;
nach 8: 6 Schritte, weil 8 kleiner als 13 ist

Lineare Suche ist ein Algorithmus

Beginne bei Position 1.
SOLANGE BIS das gesuchte Element gefunden ist oder
bis alle Positionen betrachtet wurden,
mache Folgendes:
Betrachte den Inhalt auf der aktuellen Position.
WENN der Inhalt das gesuchte Element ist,
DANN melde „gefunden an Position __“,
SONST gehe zur nächsten Position.
WENN das Element nicht gefunden wurde,
DANN melde „Element nicht vorhanden“.

1 Gegeben ist eine unsortierte Liste mit zehn Elementen. Führe eine lineare Suche durch. Prüfe immer von links nach rechts.

7 | 24 | 9 | 1 | 4 | 21 | 11 | 3 | 25 | 13

Element	7	24	9	1	4	21	11	3	25	13
Position	1.	2.	3.	4.	5.	6.	7.	8.	9.	10.

a) Wie viele Schritte brauchst du, um die Zahl zu finden oder zu wissen, dass sie nicht vorkommt?

11 ____ Schritte

24 ____ Schritte

13 ____ Schritte

3 ____ Schritte

42 ____ Schritte

b) Bestimme die Ausgabe des Algorithmus „Lineare Suche“. Verbinde.

Suche nach 11	gefunden an Position 2.
Suche nach 24	gefunden an Position 7.
Suche nach 13	Element nicht vorhanden.
Suche nach 3	gefunden an Position 10.
Suche nach 42	gefunden an Position 8.

2 Gegeben ist eine sortierte Liste mit zehn Elementen. Führe eine lineare Suche durch. Prüfe von links nach rechts.

Element	5	9	12	13	16	19	22	33	41	50
Position	1.	2.	3.	4.	5.	6.	7.	8.	9.	10.

Notiere die Anzahl der Schritte und die Ausgabe des Algorithmus.

Lineare Suche nach 16: ____ Schritte, Ausgabe: gefunden an Position ______

Lineare Suche nach 32: ____ Schritte, Ausgabe: ______________________

Lineare Suche nach 22: ____ Schritte, Ausgabe: ______________________

Algorithmen mit Schleifen werden im Kapitel 6 auf Seite 62 eingeführt. Nutzt man aus, dass eine Liste (wie in Aufg. 2) bereits sortiert ist, kann man bei der Suche nach Elementen, die nicht vorkommen, schon nach dem Element enden, vor dem das gesuchte Element stehen würde.

Element	Anna	Bert	Carla	Dennis	Emma	Felix	Gina	Hans
Position	1.	2.	3.	4.	5.	6.	7.	8.
Nachname	Rösch	Benito	Stark	Müller	Yildiz	Blümer	Cordalis	Köhler
Geburtstag	21.09.	04.01.	14.04.	24.01.	13.03.	14.11.	11.11.	07.05.
Lieblingstier	Hamster	Katze	Goldfisch	Hund	Katze	Hund	Pferd	Papagei

1 Suche nach verschiedenen Informationen über die Kinder. Führe eine lineare Suche nach dem Element Vorname durch. Lies die gesuchte Information ab und trage ein.

a) Wann hat Carla Geburtstag?

Element	gesuchte Information	Position	Antwort
Carla	Geburtstag	3.	

b) Welches Lieblingstier hat Felix?

Element	gesuchte Information	Position	Antwort
Felix			

c) Wie heißt Hans mit Nachnamen?

Element	gesuchte Information	Position	Antwort

2 Sammelt Informationen über die Kinder in eurer Klasse und tragt sie in eine alphabetisch sortierte Liste ein. Dabei können zusätzlich zu den Informationen im obigen Beispiel auch andere oder weitere Themen erfragt werden, beispielsweise das Lieblingsfach oder das Lieblingsgericht. Sucht nach verschiedenen Informationen. Wechselt ab, wer fragt und wer sucht.

3 Wonach ordnet man welche Liste? Verbinde passend.

Klassenliste

sortiert nach dem Alphabet

sortiert nach der Anzahl der Punkte

Hausaufgabenliste

Einkaufsliste

sortiert nach der Wichtigkeit

sortiert nach der Abfolge der Fächer im Stundenplan

Wunschliste

sortiert nach dem Weg vom Eingang zur Kasse

Fußballbundesliga

Binäre Suche in Listen

Lineare Suche kann man auf alle Arten von Listen anwenden. Wenn die Elemente einer Liste sortiert sind, kann man sich schlauere Möglichkeiten überlegen, nach Information zu suchen. Ein bekannter Algorithmus für sortierte Listen ist die **binäre Suche**. Bei der binären Suche teilt man die Liste immer wieder in der Mitte und sucht nur in dem Teil weiter, in dem die Information überhaupt nur vorkommen kann. Wenn es keine Mitte gibt, nimmt man das Element eine Position davor.

Beispiel: Sortierte Liste mit Zahlen: Suche nach der Zahl 13

Element	2	4	5	6	7	13	16	17	21	24
Position	1.	2.	3.	4.	5.	6.	7.	8.	9.	10.

1. Schritt: Wenn du nach der Zahl 13 suchst, schaust du das Element auf der mittleren Position an. Bei zehn Elementen schaust du das Element auf Position 5 an. Das ist hier die Zahl 7. Kreise ein.

Element	2	4	5	6	7	13	16	17	21	24
Position	1.	2.	3.	4.	5.	6.	7.	8.	9.	10.

Du weißt, dass 13 größer ist als 7. Also brauchst du in der linken Hälfte der Liste nicht mehr suchen. Du kannst diese ausgrauen.

Element	2	4	5	6	7	13	16	17	21	24
Position	1.	2.	3.	4.	5.	6.	7.	8.	9.	10.

2. Schritt: Suche wieder die Mitte der verbliebenen Liste. – Das ist die Position 8. Dort steht die Zahl 17. Kreise ein.

Element	2	4	5	6	7	13	16	17	21	24
Position	1.	2.	3.	4.	5.	6.	7.	8.	9.	10.

13 ist kleiner als 17. Also brauchst du in der rechten Hälfte der Restliste nicht mehr suchen. Graue diesen Teil aus.

Element	2	4	5	6	7	13	16	17	21	24
Position	1.	2.	3.	4.	5.	6.	7.	8.	9.	10.

3. Schritt: Es gibt nur noch zwei Elemente. Nimm also das Element links von der Mitte.

Element	2	4	5	6	7	13	16	17	21	24
Position	1.	2.	3.	4.	5.	6.	7.	8.	9.	10.

Die Zahl 13 ist gefunden. Mit binärer Suche waren drei Schritte nötig. Mit linearer Suche hätte man sechs Schritte gebraucht.

1 Suche in dieser sortierten Liste mit binärer Suche nach der Zahl 9.
Gehe vor, wie in der Info-Box: Umkreise jeweils in einer Liste erst die Mitte und graue dann die Teile der Liste aus, die nicht mehr gebraucht werden.

Element	3	8	9	12	17	20	21
Position	1.	2.	3.	4.	5.	6.	7.

12 > 9

Element	3	8	9	12	17	20	21
Position	1.	2.	3.	4.	5.	6.	7.

______

Element	3	8	9	12	17	20	21
Position	1.	2.	3.	4.	5.	6.	7.

______

Element	3	8	9	12	17	20	21
Position	1.	2.	3.	4.	5.	6.	7.

______

Mit binärer Suche findet man die Zahl 9 nach ____ Schritten.

2 Nehmt sieben Zahlenkarten, sortiert sie der Größe nach und spielt:
Ein Kind sagt, welche Zahl gesucht wird,
das andere Kind bestimmt die Anzahl der Schritte bei einer binären Suche.

3 **Binäre Suche in einer sortierten Namensliste**

Element	Anna	Bert	Carla	Dennis	Emma	Felix	Gina	Hans
Position	1.	2.	3.	4.	5.	6.	7.	8.

a) Schätze: Wie viele Schritte brauchst du, um diese Kinder mit binärer Suche zu finden:

Suche nach Dennis: ____ Schritte   Suche nach Emma: ____ Schritte

b) Führe die binäre Suche nach Emma durch. Umkreise jeweils in einer Liste erst die Mitte und graue dann die Teile der Liste aus, die nicht mehr gebraucht werden.

Element	Anna	Bert	Carla	Dennis	Emma	Felix	Gina	Hans
Position	1.	2.	3.	4.	5.	6.	7.	8.

D vor E

Element	Anna	Bert	Carla	Dennis	Emma	Felix	Gina	Hans
Position	1.	2.	3.	4.	5.	6.	7.	8.

______

Element	Anna	Bert	Carla	Dennis	Emma	Felix	Gina	Hans
Position	1.	2.	3.	4.	5.	6.	7.	8.

______

Element	Anna	Bert	Carla	Dennis	Emma	Felix	Gina	Hans
Position	1.	2.	3.	4.	5.	6.	7.	8.

______

Mit binärer Suche findet man Emma nach ____ Schritten.

Mit linearer Suche hätte man Emma nach ____ Schritten gefunden.

Neben den Tabellen können Hilfen notiert werden, die als Grundlage für das Ausgrauen des richtigen Tabellenteils dienen: Bei 1 sind das Vergleiche der jeweiligen Mitte mit der gesuchten Zahl, bei 3 Vergleiche des Buchstaben in der jeweiligen Mitte mit E (Anfangsbuchstabe Emma).

1 Nimm die Karten mit den Kindern und sortiere sie alphabetisch. Beschreibe so genau wie möglich, wie du vorgehst.

Ich suche zuerst den Namen, der im Alphabet ganz vorne steht. Die Karte mit diesem Namen lege ich an die erste Position. Dann

2 Du hast acht Zahlenkarten. Sie liegen in dieser Reihenfolge.

5 1 7 9 8 12 11 4

Starte mit der unsortierten Liste. Trage die fehlenden Zahlen ein.

Element	5	1						
Position	1.	2.	3.	4.	5.	6.	7.	8.

Sortiere die Zahlenkarten nach der Größe, beginne mit der kleinsten Zahl. Trage hier dein Ergebnis ein.

5 ~~1~~ 7 9 8 12 11 4

Element	1							
Position	1.	2.	3.	4.	5.	6.	7.	8.

Sortieren durch Auswählen (selection sort)

In sortierten Listen findet man eine Information in der Regel schneller als in unsortierten. Deswegen werden im Computer gespeicherte Informationen sehr oft sortiert.

Ein einfacher Algorithmus, um Information in einer Liste zu sortieren, heißt **„Sortieren durch Auswählen“** (auf Englisch selection sort). Er funktioniert so:
Betrachte die Liste ab der Position, ab der sie noch nicht sortiert ist. Suche ab da in der Restliste die kleinste Zahl und tausche sie mit dem Element an der aktuellen Position.

Beispiel: Sortieren durch Auswählen mit Zahlenkarten

17 11 10 19 7 15

Element	17	11	10	19	7	15	Start ist Position 1. Die kleinste Zahl in der 6er-Liste ist die 7. Vertausche das 1. und das 5. Element. **17 ⬌ 7**
Position	1.	2.	3.	4.	5.	6.	

Element	7	11	10	19	17	15	Start ist jetzt Position 2. Die kleinste Zahl in der 5er-Liste ist die 10. Vertausche also das 2. und das 3. Element. **11 ⬌ 10**
Position	1.	2.	3.	4.	5.	6.	

Element	7	10	11	19	17	15	Start ist Position 3. Die kleinste Zahl in der 4er-Liste ist die 11. Sie steht an der aktuellen Position. Es muss nicht getauscht werden. **11 bleibt.**
Position	1.	2.	3.	4.	5.	6.	

Element	7	10	11	19	17	15	Start ist Position 4. Die kleinste Zahl in der 3er-Liste ist die 15. Vertausche also das 4. und das 6. Element. **19 ⬌ 15**
Position	1.	2.	3.	4.	5.	6.	

Element	7	10	11	15	17	19	Start ist Position 5. Die kleinste Zahl in der 2er-Liste ist die 17. Sie steht an der aktuellen Position. Es muss nicht getauscht werden. **17 bleibt.**
Position	1.	2.	3.	4.	5.	6.	

Element	7	10	11	15	17	19	Start ist Position 6. Es muss nichts mehr geprüft werden. **19 bleibt.** Die Liste ist sortiert.
Position	1.	2.	3.	4.	5.	6.	

1 Du hast eine unsortierte Liste mit Zahlen.
Wie viele Positionen musst du jeweils in der Restliste anschauen, um die kleinste Zahl zu finden? Kreuze die richtige Antwort an.

- ◯ ungefähr die Hälfte der Positionen in der Restliste
- ◯ nur die erste Position in der Restliste
- ◯ alle Positionen in der Restliste

In diesem Arbeitsheft wird die Position, an der die Zahl im letzten Schritt steht, auch angeschaut und daher mitgezählt.

1 a) Sortiere die Zahlenliste fertig.
Arbeite nach dem Algorithmus „Sortieren durch Auswählen“.

12 4 16 8 14 1

Element	12	4	16	8	14	1
Position	1.	2.	3.	4.	5.	6.

12 ↔ 1

Element	1	4	16	8	14	12
Position	1.	2.	3.	4.	5.	6.

4 bleibt

Element	1	4				
Position	1.	2.	3.	4.	5.	6.

16

Element	1	4				
Position	1.	2.	3.	4.	5.	6.

______

Element	1	4				
Position	1.	2.	3.	4.	5.	6.

______

Element	1	4				
Position	1.	2.	3.	4.	5.	6.

______

b) Wie viele Positionen musst du in den Liste jeweils anschauen, um die kleinste Zahl zu finden?

Liste mit 6 Zahlen: ____ Positionen

Liste mit 5 Zahlen: ____ Positionen

Liste mit 4 Zahlen: ____ Positionen

Liste mit 3 Zahlen: ____ Positionen

Liste mit 2 Zahlen: ____ Positionen

Liste mit 1 Zahl: ____ Position

c) Berechne, wie viele Positionen bei dem Algorithmus „Sortieren durch Auswählen“ bei einer Liste mit sechs Zahlen insgesamt angeschaut werden müssen.

____

Insgesamt müssen ____ Positionen angeschaut werden.

1 Der Algorithmus findet sich auf der Vorseite.

2

Nimm die Karten mit den Kindern und sortiere sie alphabetisch mit dem Algorithmus „Sortieren durch Auswählen“. Trage ein, wie die Liste nach jedem Schritt aussieht. Du kannst auch nur die Anfangsbuchstaben der Namen schreiben.

Position	1.	2.	3.	4.	5.	6.	7.	8.	
Start	Felix	Anna	Dennis	Gina	Carla	Bert	Hans	Emma	F ↔ A
1. Schritt	Anna	Felix	Dennis	Gina	Carla	Bert	Hans	Emma	F ↔ B
2. Schritt	Anna	Bert	Dennis	Gina	Carla	Felix	Hans	Emma	D ↔
3. Schritt	Anna	Bert							
4. Schritt	Anna	Bert							
5. Schritt	Anna	Bert							
6. Schritt	Anna	Bert							
7. Schritt	Anna	Bert							H bleibt
Ergebnis	Anna	Bert	Carla	Dennis	Emma	Felix	Gina	Hans	

3 Lege sechs Gegenstände unterschiedlicher Größe in ein Säckchen.
Die Gegenstände sollen der Größe nach geordnet in einer Reihe aufgestellt werden.
Gehe nach folgendem Algorithmus vor:

- Ziehe einen Gegenstand aus dem Säckchen und stelle ihn ab.
- Ziehe einen zweiten Gegenstand und stelle ihn daneben. Vergleiche die Größe.
- Behalte den kleineren der beiden Gegenstände und lege den anderen beiseite.
- Ziehe den nächsten Gegenstand aus dem Säckchen und vergleiche ihn mit dem aktuellen Gegenstand.
- Behalte den kleineren der beiden Gegenstände und lege den anderen beiseite.
- Mache genau so weiter, bis das Säckchen leer ist.

Wenn das Säckchen leer ist, hast du den kleinsten Gegenstand gefunden. Stelle ihn auf die erste Position der Reihe. Jetzt sind noch fünf Gegenstände übrig. Die packst du alle wieder in das Säckchen. Suche mit dem gleichen Algorithmus wieder den kleinsten Gegenstand und stelle ihn auf die zweite Position der Reihe. ...

2 Andere Art der Darstellung der Listen zur kompakteren Schreibweise und Erhöhung der Übersichtlichkeit. Neben der Tabelle kann notiert werden, ob und wenn was getauscht wird. **3** Mit Gegenständen nachspielen.

Verschiedene Sortier-Algorithmen

„Sortieren durch Auswählen“ ist ein ziemlich umständlicher Algorithmus. Man braucht sehr viele Schritte, bis eine Liste sortiert ist. Je länger die Liste, desto länger dauert es. Stell dir mal vor, dass eine Liste mit hunderttausend Elementen sortiert werden muss! So große Listen gibt es in vielen Bereichen – Bücher in einer Bücherei, Waren in einem Supermarkt, Einträge in einem Telefonbuch. Deshalb haben sich Informatikerinnen und Informatiker verschiedene Sortier-Algorithmen ausgedacht. Ein bekannter Sortier-Algorithmus, der oft schneller geht als „Sortieren durch Auswählen“, ist „**Bubblesort**“. Hier werden jeweils benachbarte Elemente angeschaut und die Elemente werden vertauscht, falls das größere Element links steht.

Beispiel: Sortieren mit dem Algorithmus „Bubblesort“

Position	1.	2.	3.	4.	5.	
Start	5	1	6	8	2	
1. Schritt	5 ↔	1	6	8	2	Vergleiche 5 und 1; 1 ist kleiner; tausche (↔)
2. Schritt	1	5 |–|	6	8	2	Vergleiche 5 und 6; 5 ist kleiner; bleibt (|–|)

Solche tollen Algorithmen werden von Informatikerinnen und Informatikern ausgedacht.

1 a) Führe den Algorithmus „Bubblesort“ weiter.

Position	1.	2.	3.	4.	5.
Start	5	1	6	8	2
1. Schritt	5 ↔	1	6	8	2
2. Schritt	1	5 |–|	6		
3. Schritt					
4. Schritt					
5. Schritt					8
6. Schritt					8
7. Schritt					8
8. Schritt					8
9. Schritt					8
10. Schritt					8
Ergebnis					

b) Spielt „Bubblesort“ nach.
Fünf Kinder bilden eine unsortierte Liste von Zahlen. Jedes Kind hat eine Karte mit einer Zahl. Die Kinder stellen sich in einer beliebigen Reihenfolge in einer Reihe auf. Ein sechstes Kind übernimmt die Rolle des Prozessors und wendet den Algorithmus auf die Zahlenliste an. Es geht dazu der Reihe nach die Elementpaare durch und gibt Tauschbefehle.

Auch ein Sortier-Algorithmus funktioniert nach dem EVA-Prinzip, siehe dazu auch Seite 48. Die Reihenfolge beim Start ist die Eingabe, die Durchführung des Algorithmus ist die Verarbeitung und die sortierte Liste ist die Ausgabe.

Meine Fachbegriffe

binäre Suche, Bubblesort, Element, lineare Suche, Liste, Position, Sortier-Algorithmus, Sortieren durch Auswählen

1 Überprüfe die Aussagen. Kreuze an.

	richtig	falsch
a) Listen sind immer sortiert.		
b) Eine Liste kann nur verschiedene Elemente haben, also zum Beispiel nicht zweimal die gleiche Zahl.		
c) Binäre Suche funktioniert nur für sortierte Listen.		
d) „Sortieren durch Auswählen“ heißt auf Englisch „selection sort“.		
e) Beim dem Algorithmus „Bubblesort“ werden immer benachbarte Elemente verglichen.		

2 Trage die Begriffe ein. Zwei Begriffe bleiben übrig.

binäre, Elementen, Lineare, Positionen, Quicksort, sortierte, unsortierte, Zeiger

Eine Liste besteht aus ______________ , die auf festen ________________ stehen.

____________ Suche und ____________ Suche sind Algorithmen, mit denen man prüfen kann, ob ein bestimmtes Element in einer Liste vorhanden ist.

Bei Sortier-Algorithmen ist eine ________________ Liste die Eingabe und eine ________________ Liste die Ausgabe.

3 Suche in dieser sortierten Liste mit binärer Suche nach der Zahl 17.
Umkreise jeweils in einer Liste erst die Mitte und
graue dann die Teile der Liste aus, die nicht mehr gebraucht werden.

Element	3	8	9	12	17	20	21
Position	1.	2.	3.	4.	5.	6.	7.

$12 < 17$

Element	3	8	9	12	17	20	21
Position	1.	2.	3.	4.	5.	6.	7.

____

Element	3	8	9	12	17	20	21
Position	1.	2.	3.	4.	5.	6.	7.

____

Element	3	8	9	12	17	20	21
Position	1.	2.	3.	4.	5.	6.	7.

____

Mit binärer Suche findet man die Zahl 17 nach ____ Schritten.

3 Der Algorithmus der binären Suche findet sich auf Seite 74.

8 Programmieren

1 Jede Bausteinfarbe hat eine andere Bedeutung.
Welcher Baustein gehört zu welchem Bereich? Färbe in der passenden Farbe.

a)

Bereich

Bewegung

Aussehen

Bausteine

Bauch blau | werde kleiner | gehe zehn Schritte geradeaus | Bauch rot | drehe dich nach rechts | werde größer | drehe dich nach links

b)

Bereich

Klang

Steuerung

Bausteine

werde lauter | WIEDERHOLE SOLANGE BIS | WENN ____ DANN | sage „Hallo“ | singe ein Lied | warte __ Sekunden | werde leiser | WIEDERHOLE ____-MAL | WENN ____ DANN ... SONST

2 Welche Bausteine haben welche Funktion für Ingo? Verbinde.

Ingo wartet 2 Sekunden. | Ingo wird klein. | Ingo singt ein Lied.

werde kleiner | singe ein Lied | drehe dich nach rechts

warte 2 Sekunden | Bauch blau | werde lauter

Ingos Bildschirm-Bauch wird blau. | Ingo spricht lauter. | Ingo dreht sich nach rechts.

3 Was bewirkt welcher Baustein? Finde jeweils das passende Bild. Ordne zu.

vorher

Baustein

1. Bauch rot
2. drehe dich nach rechts
3. werde größer
4. werde kleiner

nachher

A 

B 

C 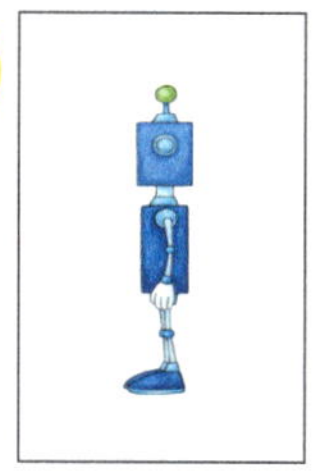

D 

Das gehört zusammen:

1 ◯ 2 ◯ 3 ◯ 4 ◯

4 Was passiert bei diesem Programm mit Ingo?
Kreuze das richtige Bild an.

a) **vorher**

Programm

Starte bei A
drehe dich nach links

nachher

◯ 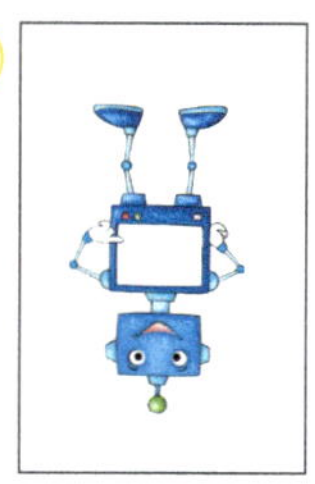

◯ 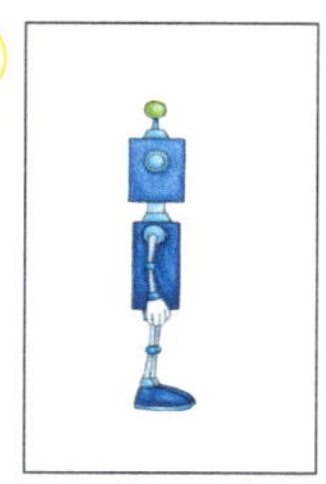

b) **vorher**

Programm

Starte bei A
werde größer

nachher

◯ 

◯ 

Programmiersprachen und Programme

Damit ein Algorithmus vom Computer verstanden werden kann, muss er in ein **Programm** übersetzt werden. Programme schreibt man in **Programmiersprachen**.
Es gibt sehr viele davon und jede ist ein wenig anders. Manche arbeiten mit **Bausteinen**, die man in einer Abfolge untereinander anordnet.

1 Welche Programme machen das Gleiche? Ordne zu.

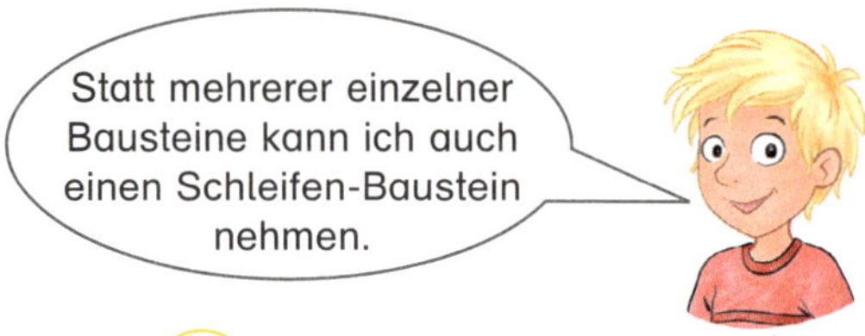

Programm mit Zählschleife

1
- Starte bei A
- WIEDERHOLE 2-MAL
  - drehe dich nach links
  - gehe zehn Schritte geradeaus

2
- Starte bei A
- WIEDERHOLE 2-MAL
  - werde kleiner
  - singe ein Lied
  - werde größer

3
- Starte bei A
- WIEDERHOLE 3-MAL
  - drehe dich nach rechts

Programm ohne Zählschleife

A
- Starte bei A
- drehe dich nach rechts
- drehe dich nach rechts
- drehe dich nach rechts

B
- Starte bei A
- drehe dich nach links
- gehe zehn Schritte geradeaus
- drehe dich nach links
- gehe zehn Schritte geradeaus

C
- Starte bei A
- werde kleiner
- singe ein Lied
- werde größer
- werde kleiner
- singe ein Lied
- werde größer

Das gehört zusammen: 1 ◯ 2 ◯ 3 ◯

2 Was macht das Programm jeweils mit Ingo? Kreuze an.

a)
- Starte bei A
- WIEDERHOLE 4-MAL
  - sage „Hallo“

◯ Ingo grüßt viermal mit „Hallo“.

◯ Ingo grüßt dreimal mit „Hallo“.

b)
- Starte bei A
- WIEDERHOLE 3-MAL
  - gehe zehn Schritte geradeaus
  - drehe dich nach rechts
  - werde kleiner

◯ Ingo geht zehn Schritte geradeaus, dreht sich dann nach rechts und wird größer. Das wiederholt er dreimal.

◯ Ingo geht zehn Schritte geradeaus, dreht sich dann nach rechts und wird kleiner. Das wiederholt er dreimal.

Zählschleifen wurden auf Seite 62 eingeführt.

3 Schreibe ein Programm. Suche die Bausteine, die du zum Programmieren brauchst. Bringe sie in die richtige Reihenfolge.

Starte bei ⅄

A WIEDERHOLE 5-MAL

B Bauch weiß

C sage „Hallo“

D werde kleiner

E gehe zehn Schritte geradeaus

F warte 2 Sekunden

G werde größer

H WIEDERHOLE 3-MAL

I werde lauter

J drehe dich nach links

K Bauch rot

L gehe acht Schritte geradeaus

M singe ein Lied

N drehe dich nach rechts

Auftrag an Ingo		Programm
a) Ingo soll sich erst nach rechts drehen, dann acht Schritte gehen und sich dann nach links drehen.	Start	Starte bei ⅄
	◯	drehe dich nach ________
	◯	gehe _____ Schritte geradeaus
	◯	drehe dich nach ________
b) Ingo soll größer werden, dann zwei Sekunden warten und wieder kleiner werden.	Start	Starte bei ⅄
	◯	werde ________
	◯	warte ________
	◯	werde ________
c) Ingo soll Folgendes fünfmal wiederholen: Er soll „Hallo“ sagen, seinen Bildschirm-Bauch rot färben, zehn Schritte gehen und seinen Bildschirm-Bauch wieder weiß färben.	Start	Starte bei ⅄
	◯	WIEDERHOLE _____-MAL
	◯	
	◯	
	◯	
	◯	

Diese Bausteine bleiben übrig: ◯ ◯ ◯

1 Diese Programme tun nicht, was sie sollen. In jedem Programm hat sich ein Fehler eingeschlichen. Kreise ihn ein. Notiere die Fehlerart.

Fehlerarten

1	2	3	4
falsche Zahl in der Zählschleife	falsche Zahl im Befehl	Reihenfolge der Befehle vertauscht	falsches Wort im Befehl

a) Ingo soll viermal zehn Schritte laufen.

- Starte bei ⮝
- WIEDERHOLE 3-MAL
  - gehe zehn Schritte geradeaus

b) Ingo soll erst kleiner und dann größer werden.

- Starte bei ⮝
- werde kleiner
- werde kleiner

c) Ingo soll erst singen und dann „Hallo" sagen.

- Starte bei ⮝
- sage „Hallo"
- singe ein Lied

Fehlerart: ◯ ◯ ◯

2 Hier sind zwei Programme vorgegeben. Wählt eins aus. Ein Kind liest das Programm vor, das andere Kind führt es aus. Wechselt euch ab.

A

- Starte bei ⮝
- sage „Hallo"
- WIEDERHOLE 3-MAL
  - gehe drei Schritte geradeaus
- drehe dich nach links
- gehe vier Schritte geradeaus

B

- Starte bei ⮝
- gehe zwei Schritte geradeaus
- sage „Hallo"
- WIEDERHOLE 3-MAL
  - gehe einen Schritt geradeaus
  - drehe dich nach rechts

3 Schreibe dein eigenes Programm. Wähle aus den Programmbausteinen aus und bringe sie in eine Reihenfolge. Schreibe auf, was dein Programm tut.

- **A** drehe dich nach links
- **B** WIEDERHOLE 5-MAL
- **C** sage „Hallo"
- **D** gehe zehn Schritte geradeaus
- **E** warte 2 Sekunden
- **F** werde größer
- **G** drehe dich nach rechts
- **H** Starte bei ⮝
- **I** werde kleiner

mein Programm

◯ ◯ ◯ ◯

Das tut mein Programm:

____

____

____

____

Meine Fachbegriffe

Algorithmus, Baustein, Programm, Programmieren, Programmiersprache, Zählschleife

1 Füge die Fachbegriffe passend ein. Ein Begriff bleibt übrig.

Algorithmus, Programm, Programmiersprache, Zählschleife

a) Ein ______________________ sagt dem Computer, was er tun soll.

b) Programme schreibt man in einer ______________________________________ .

c) Mit Hilfe einer ____________________________ kann man Befehle mehrfach hintereinander ausführen lassen.

2 Welcher Baustein gehört zu welchem Bereich? Färbe in der passenden Farbe.

Bereich

- Bewegung
- Aussehen
- Klang
- Steuerung

Bausteine

sage „Hallo“ | Bauch rot | werde lauter

gehe zehn Schritte geradeaus

WIEDERHOLE 5-MAL | werde kleiner

drehe dich nach links

singe ein Lied | werde größer | warte __ Sekunden

3 Überprüfe die Aussagen. Kreuze an.

	richtig	falsch
a) Es gibt nur eine einzige Programmiersprache.		
b) Wenn man eine Zählschleife verwendet, muss man weniger schreiben.		
c) Algorithmen sind die Grundlage für Programme.		
d) Ein Programm tut immer das Gleiche, egal in welcher Reihenfolge die Bausteine angeordnet sind.		

Berufsbild Informatik

Was arbeiten eigentlich Informatikerinnen und Informatiker?

Wir Informatikerinnen und Informatiker erstellen Programme, mit denen wir den Menschen das Leben und den Alltag erleichtern. Das Internet haben auch Informatiker erfunden.

1 Verbinde Bilder und Texte passend miteinander.

Informatikerinnen und Informatiker verbessern die Bild- und Gesichtserkennung.

Informatikerinnen und Informatiker entwickeln Computerspiele.

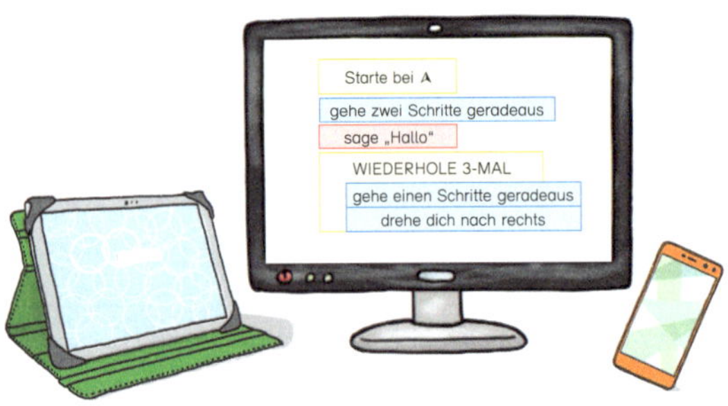

Informatikerinnen und Informatiker schreiben Programme für Computer, Tablets und Smartphones.

Informatikerinnen und Informatiker arbeiten in Teams, die oft über die ganze Welt verteilt sind.

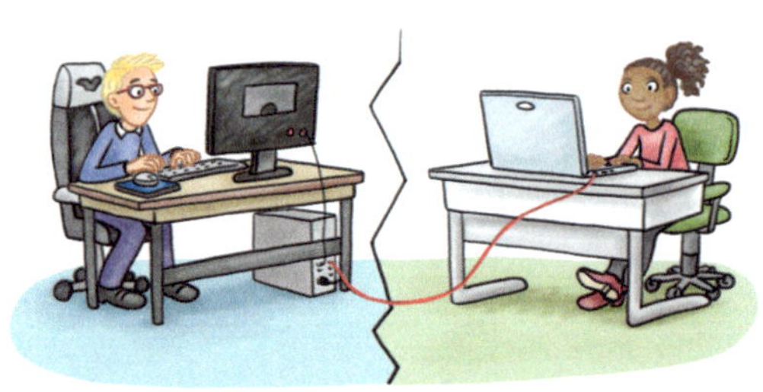

Informatikerinnen und Informatiker arbeiten für Filmstudios und bauen Animationen.

2 Was findest du wichtig? Was findest du spannend?
Kreuze an, was du auch gerne tun oder können würdest.

Das tun Informatikerinnen und Informatiker:	ja, das würde ich auch gerne tun oder können
Sie erfinden Algorithmen, damit Computer immer mehr Probleme immer besser lösen können.	
Sie kümmern sich darum, dass unsere Daten besser geschützt sind.	
Sie schreiben Programme, die Texte in andere Sprachen übersetzen.	
Sie bauen Lern-Apps, zum Beispiel Mathe- oder Vokabeltrainer.	
Sie sorgen dafür, dass die Bedienung von Computern immer einfacher und benutzerfreundlicher wird.	
Sie reden mit vielen Leuten, damit sie deren Probleme verstehen und genau die Programme entwickeln, die gebraucht werden.	
Sie entwickeln Software für alle möglichen Maschinen, wie Autos, Raketen, aber auch Waschmaschinen.	
Sie forschen zu künstlicher Intelligenz.	
Sie entwickeln selbstfahrende Autos.	
Sie entwickeln Algorithmen für künstliche neuronale Netze, um beispielsweise Gesichter oder Handschrift zu erkennen.	

3 Lies die Beispiele bei Aufgabe 1. Kreise ein, was du auch gerne tun würdest.

Informatik

Informatik als Beruf gibt es noch nicht so lange wie zum Beispiel den Beruf des Arztes oder der Ärztin. Die ersten Informatikerinnen und Informatiker haben meistens Mathematik oder Elektrotechnik studiert.
Heute lernt man im Informatikstudium, wie eine allgemeine Rechenmaschine – wie es der Computer ist – überhaupt funktionieren kann. Man verbringt auch viel Zeit damit zu lernen, wie man Programme so schreibt, dass sie möglichst fehlerfrei, sicher und schnell arbeiten. Um ein großes Programm zu schreiben, arbeiten viele Personen im Team zusammen.

In den Naturwissenschaften (wie Physik oder Biologie) erforscht man die Dinge, die es auf der Welt gibt, und fragt sich, warum sich etwas auf eine bestimmte Art verhält. In der Informatik baut und entwickelt man dagegen künstliche Dinge – Computer und Programme. Man überlegt, wie man etwas so bauen oder programmieren kann, dass es auf eine bestimmte Art funktioniert. Typisch für die Informatik ist, dass man sich immer fragt, ob man Computer oder Programme, die es gibt, noch besser machen kann.

54 **Algorithmus:** Das ist eine Handlungsvorschrift, die aus einer eindeutigen Abfolge von Einzelschritten besteht, z.B. eine Bauanleitung. Jeder Einzelschritt ist eine
55 Anweisung oder eine Aktion. Der Algorithmus beschreibt, wie eine Eingabe zu einer Ausgabe verarbeitet wird. (Siehe auch „EVA-Prinzip".)
56 Einen Algorithmus kann man in menschlicher Sprache oder in einer Programmiersprache formulieren. (Siehe auch „Programm".)
83 Ein Problem kann durch verschiedene Algorithmen gelöst werden. Da jeder Handlungsschritt Zeit kostet, sollte man sich Algorithmen ausdenken, die mit möglichst wenig Handlungsschritten auskommen.

Beispiel: Bauteile — Bauanleitung = Algorithmus — Bauwerk

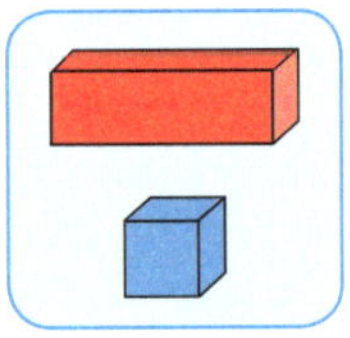

1. Schritt: Lege den roten Quader.

2. Schritt: Stelle den Würfel mittig darauf.

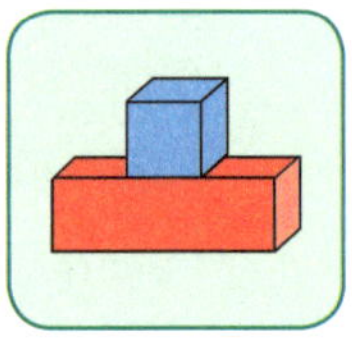

19 **analog:** Bei einer analogen Uhr bewegen sich die Zeiger gleichmäßig fort. In der Natur ist alles analog. Analog ist das Gegenteil von digital. (Siehe auch „digital".)

7 **Auflösung:** Verwendet man für ein digitales Bild nur wenige Pixel, kann man nicht so viele Einzelheiten erkennen. Das Bild ist unscharf. Es hat eine niedrige Auflösung. Je mehr Pixel man für das digitale Bild verwendet, desto schärfer ist das Motiv. Wenn man alle Einzelheiten sehr gut erkennen kann, ist das Bild scharf. Es hat dann eine hohe Auflösung.

Beispiel: hohe Auflösung (Bild scharf)

niedrige Auflösung (Bild unscharf)

48 **Ausgabe:** siehe „EVA-Prinzip"

82 **Baustein:** siehe „Programmiersprache"

warte 2 Sekunden

drehe dich nach rechts

60 **Bedingte Anweisungen:** Manche Handlungen kann man nur ausführen, wenn man in einer bestimmten Situation ist. Es gibt eine **Bedingung** und eine **Handlung**. Kommen solche Bedingungen in einem Algorithmus oder einem Programm vor, spricht man von **bedingten Anweisungen**. Die Bedingung steht hinter einem **WENN**, die Handlung oder Anweisung hinter einem **DANN**. Manchmal muss man je nachdem, was gilt, etwas Verschiedenes tun. In dem Fall kommt bei der bedingten Anweisung ein **SONST** dazu.

Beispiele: **WENN** ich Geld dabei habe, **DANN** kaufe ich ein.
WENN die Ampel grün ist, **DANN** fahre, **SONST** halte an.

Die Zahlen in den Quadraten geben jeweils die Seitenzahl an, auf der der Begriff innerhalb des Heftes erklärt wird. Die Farbe des Quadrats ist die Kapitelfarbe.

12 **Bilder: Übertragung von schwarz-weißen Bildern auf den Computer:** Das Bild wird in einem Raster mit Pixeln dargestellt. Man schreibt für jedes schwarze Feld eine 1, für jedes weiße Feld eine 0 ins Raster. Für die Übertragung werden die Ziffern Zeile für Zeile durchgegeben.

Beispiel:

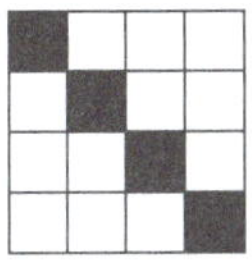

→

1	0	0	0
0	1	0	0
0	0	1	0
0	0	0	1

→ 1000 0100 0010 0001

36 **Bildschirm:** Auf einem Bildschirm kann man Texte, Bilder und Videos sehen. Man sagt auch Monitor oder Display. Auf dem Bildschirm kann man sehen, welche Befehle man dem Computer gibt und was für ein Ergebnis herauskommt.

27 **Binärcode / Binärer Code:** Computer verarbeiten Informationen, die als binärer Code (Binärcode) dargestellt sind.
32 Binär meint, dass es zwei Werte gibt, zum Beispiel 0 und 1.
In der Informatik gilt oft:

0 steht für falsch – 1 steht für wahr

0 steht für Strom aus – 1 steht für Strom an

Ein Binärcode ist eine Folge von Bits (siehe auch „Bit“).
Beispiel: 110 ist ein binärer Code mit drei Bit.
Mit Nullen und Einsen kann man auch Buchstaben codieren.
Mit 4 Bit kann man 16 Buchstaben darstellen.
Beispiel: 0001 0000 0010 0111 BACH

Code	Zustand
00	Zustand 1
01	Zustand 2
10	Zustand 3
11	Zustand 4

74 **Binäre Suche in Listen:** Ein bekannter Algorithmus **für sortierte Listen** ist die binäre Suche (siehe auch „Such-Algorithmus“). Dabei teilt man die Liste immer wieder in der Mitte und sucht nur in dem Teil weiter, in dem die Information überhaupt nur vorkommen kann. Wenn es keine Mitte gibt, nimmt man das Element eine Position davor.

27 **Bit:** Das ist ein Wert, der 0 oder 1 sein kann. Mit einem Bit kann man zwei verschiedene Dinge abbilden. Mit zwei Bit kann man vier verschiedene Dinge abbilden. Die verschiedenen Bitfolgen nennt man Zustände. Ein Binärcode ist eine Folge von Bits, also zum Beispiel 01 als binärer Code mit zwei Bit oder 110 als binärer Code mit drei Bit.

80 **Bubblesort:** Dies ist ein bekannter Sortier-Algorithmus (siehe dort), der oft schneller geht als „Sortieren durch Auswählen“ (siehe dort). Es werden jeweils benachbarte Elemente angeschaut und die Elemente werden vertauscht, falls das größere Element links steht.

Die Zahlen in den Quadraten geben jeweils die Seitenzahl an, auf der der Begriff innerhalb des Heftes erklärt wird. Die Farbe des Quadrats ist die Kapitelfarbe.

42 **Cloud:** Das ist ein „Überallspeicher“, auf den man sehr große Datenmengen wie Fotos, Dokumente, Filme oder andere Daten speichern kann. Man kann nur darauf zugreifen, wenn man einen Internetzugang hat.

36 **Computer** haben ungefähr den gleichen Aufbau. Von außen sieht man meistens vier Bausteine: das Computergehäuse, den Bildschirm, die Tastatur und die Maus.
37 Es gibt verschiedene Computer-Arten, z. B. Desktop-Computer, Laptop, Tablet, Smartphone.

42 **Computervirus:** Er verändert das Muster aus Nullen und Einsen so, dass der Computer nicht mehr macht, was er soll. Der Virus kann von Dateien aus dem Internet oder von einem externen Speichermedium auf deinen Computer gelangen.

45 **Dateiendung:** Die Dateiendung ist der Teil des Dateinamens, der rechts vom Punkt steht. Sie sagt, um was für eine Art von Datei es sich handelt. Fotos haben oft die Endung jpg. Textdateien haben oft die Endung doc, docx, odt oder txt. Die Dateiendung gibt dem Computer die Anweisung, wie die Daten zu lesen und auf dem Bildschirm darzustellen sind. Damit weiß der Computer, ob es sich um ein Bild oder einen Text handelt, und wofür die Nullen und Einsen stehen.

Beispiel:

Strand.jpg

Strand.jpg
frei wählbar — festgelegte Dateiendung

Strand.docx
frei wählbar — festgelegte Dateiendung

Am Strand
Die Sonne scheint,
der Sand ist heiß,
die Muscheln sind bunt,
der Leuchtturm rot-weiß.
Nach dem Baden im Meer
essen wir nun ein Eis!

Strand.docx

44 **Dateinamen:** Dateien haben einen Namen, der aus zwei Teilen besteht. Die Teile sind durch einen Punkt getrennt. Die Bezeichnung für den vorderen Teil kann man sich selbst ausdenken. Die Bezeichnung nach dem Punkt nennt man Dateiendung. Sie gibt den Dateityp an. (Siehe auch „Dateiendung“.)

37 **Desktop-Computer:** Er hat einen festen Platz, zum Beispiel am Schreibtisch.

19 **digital:** Bei einer Digitaluhr springt die Anzeige von einer Ziffer zur nächsten. Im Computer werden digitale Informationen verarbeitet und gespeichert.

22 **Digitale Fotos** bestehen aus Pixeln. Pixel werden im Computer mit Nullen und Einsen gespeichert. (Siehe auch „Pixel“.)

Die Zahlen in den Quadraten geben jeweils die Seitenzahl an, auf der der Begriff innerhalb des Heftes erklärt wird. Die Farbe des Quadrats ist die Kapitelfarbe.

22 **Digitale Medien** sind ein Oberbegriff für Information, die digital mit Nullen und Einsen gespeichert ist. Außer Fotos können auch Texte, Musik oder Videos digital gespeichert werden.

48 **Eingabe**: siehe „EVA-Prinzip“

69 **Element:** Das ist ein Eintrag in einer Liste. (Siehe auch „Liste“.)

27 **Entscheidungsbaum:** Abfolgen von Ja-Nein-Fragen können als Entscheidungsbäume dargestellt werden. Man sammelt die Werte 0 oder 1 entlang der Pfeile und schreibt sie auf. So erhält man den Binärcode für die Angabe im letzten Feld. Die Angaben in den Feldern rechts sind die Zustände. Der binäre Code besteht also aus einer Folge von Nullen und Einsen.
Beispiel: In diesem Entscheidungsbaum werden 2 Bit dargestellt. Er hat vier Zustände.

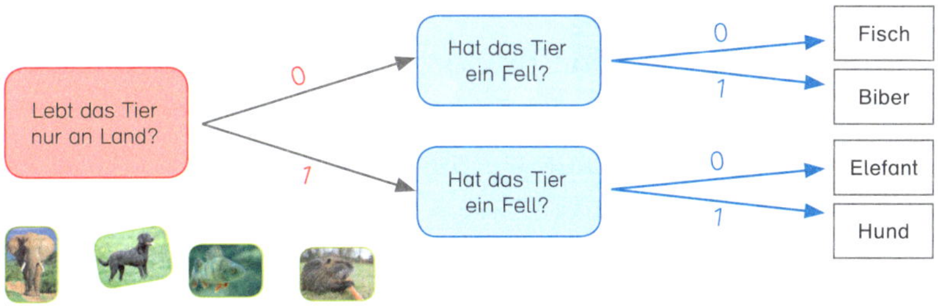

Code	Tier
00	Zustand 1: Fisch
01	Zustand 2: Biber
10	Zustand 3: Elefant
11	Zustand 4: Hund

48 54 **EVA-Prinzip: Eingabe E – Verarbeitung V – Ausgabe A:** Ein Computer arbeitet immer gleich: Zuerst bekommt er eine Eingabe, dann verarbeitet er sie und gibt das Ergebnis aus.

	E	V	A
	Eingabe	**Verarbeitung**	**Ausgabe**
Beispiel:	Addiere 4 und 7.	4 + 7 = 11	Das Ergebnis ist 11.

38 40 **Festplatte:** Sie ist das „Gedächtnis“ des Computers. Auf ihr werden Informationen wie Texte, Programme, Bilder, Musik oder Filme in Dateien langfristig gespeichert. Die Daten bleiben auch gespeichert, wenn der Computer ausgeschaltet ist und nicht mit Strom versorgt wird. Es gibt auch externe Festplatten, die man an einen Computer anschließen kann.

21 **Informatik:** Informatik ist die Wissenschaft von der Verarbeitung von Information (Siehe auch „Information“.)

Die Zahlen in den Quadraten geben jeweils die Seitenzahl an, auf der der Begriff innerhalb des Heftes erklärt wird. Die Farbe des Quadrats ist die Kapitelfarbe.

21 **Information:** Wenn man von einem Menschen, aus einem Text, einem Bild, einem Film oder einer anderen Quelle etwas über ein Thema, einen Gegenstand oder einen Sachverhalt erfährt, nennt man diesen Inhalt **Information**. Informationen können auf einem Informationsträger gespeichert werden. Die Speicherung kann analog (z.B. als Hefteintrag) oder digital (z.B. als Textdokument im Computer) erfolgen.
Das Wort Information steckt auch im Wort Informatik.

37 **Laptop:** Das ist ein tragbarer Computer, den man überall hin mitnehmen kann. Beim Laptop gibt es statt der Maus ein Feld, auf dem man mit dem Finger langfährt. Das nennt man Touchpad.

71 72 **Lineare Suche in Listen:** Bei der linearen Suche schaut man von vorne nach hinten jedes Element an, bis man entweder das gesuchte Element gefunden hat oder sicher ist, dass das Gesuchte nicht dabei ist. Lineare Suche ist ein Algorithmus. (Siehe auch „Algorithmus“ und „Liste“.)

69 **Liste:** In Listen werden Informationen zu einem Thema zusammengestellt, z.B. Klassenliste. Jeder Eintrag kommt in ein eigenes Feld. Man kann die Einträge untereinander oder nebeneinander schreiben. Im Computer werden viele Informationen in Listen gespeichert. Die einzelnen Einträge werden in der Informatik als Elemente bezeichnet. Der Computer merkt sich auch die Reihenfolge der Elemente.

Element	Felix	Anna	Dennis	Gina	Carla	Bert	Hans	Emma
Position	1.	2.	3.	4.	5.	6.	7.	8.

Ein Element kann einmal, mehrfach oder gar nicht in einer Liste vorkommen. Listen sind oft geordnet, können aber auch unsortiert sein.

36 **Maus:** Mit einer Maus kann man einen Zeiger über den Bildschirm fahren lassen und dem Computer Daten und Befehle eingeben. Die meisten Mäuse haben zwei Tasten, die man drücken kann.

22 **Medien:** siehe „digitale Medien“

46 **Ordnerstrukturen:** siehe „Ordner“

46 **Ordner:** Das Finden und Wiederfinden von Inhalten und Dateien gehört zu den wichtigen Aufgaben in der digitalen Welt. Dazu nutzt man Ordner. Die Ordner enthalten Dateien, die auf der Festplatte gespeichert sind. Ordner haben Namen. Diese sind frei wählbar. Ordner können Unterordner haben.

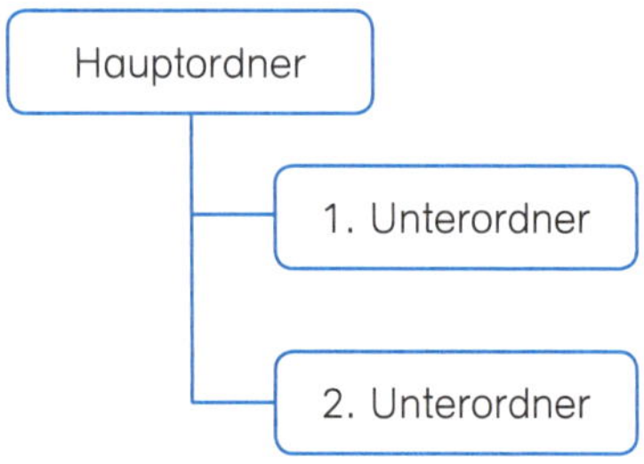

Die Zahlen in den Quadraten geben jeweils die Seitenzahl an, auf der der Begriff innerhalb des Heftes erklärt wird. Die Farbe des Quadrats ist die Kapitelfarbe.

5 **Pixel:** Als Pixel bezeichnet man den kleinsten Teil eines digitalen Bildes. Pixel bedeutet Bildpunkt und ein Pixel wird meistens als Quadrat dargestellt. Auf dem Computerbildschirm wird alles mit Pixeln dargestellt.

69 **Position:** Stelle, an der ein Element in der Liste steht. (Siehe auch „Liste".)

54 **Programm:** Das ist ein Algorithmus, der in einer Programmiersprache aufgeschrieben ist. Computer
83 verarbeiten mit Programmen Eingaben zu Ausgaben (siehe auch „EVA-Prinzip"). Man sagt auch „Code" statt Programm. (Siehe auch „Programmiersprache".)

Beispiel:

Starte bei ⮝

drehe dich nach links

gehe zehn Schritte geradeaus

drehe dich nach rechts

54 **programmieren:** Das ist das Schreiben von Programmen, gleichbedeutend mit „coden". Siehe auch „Programm" und „Programmiersprache".
83

54 **Programmiersprache:** Das ist eine Sprache, in der man Algorithmen so aufschreiben kann, dass Computer sie ausführen können. Es gibt viele verschiedene Programmier-
83 sprachen. (Siehe auch „Algorithmus".)

38 **Prozessor:** „Herz", „Gehirn" und Steuerzentrale eines Computers. Er leitet Information an andere Computerteile weiter und verarbeitet viele Informationen.

37 **Smartphone:** Das ist ein tragbarer Computer, bei dem der Bildschirm den vorderen Teil des Gehäuses bildet. Die Tastatur ist direkt auf dem Bildschirm und man schreibt durch Tippen mit den Fingern oder mit einem Stift. Den Bildschirm nennt man Touchscreen.

65 **Solange-Schleifen:** Wenn man nicht weiß, wie oft genau man eine Handlung oder eine Folge von Handlungen wiederholen muss, verwendet man eine Solange-Schleife. Schreibe „WIEDERHOLE SOLANGE BIS" und notiere die Handlungsvorschriften, die mehrfach durchgeführt werden sollen, eingerückt darunter. Vor oder nach Schleifen können auch Befehle stehen; diese sind dann nicht eingerückt.

Beispiel:

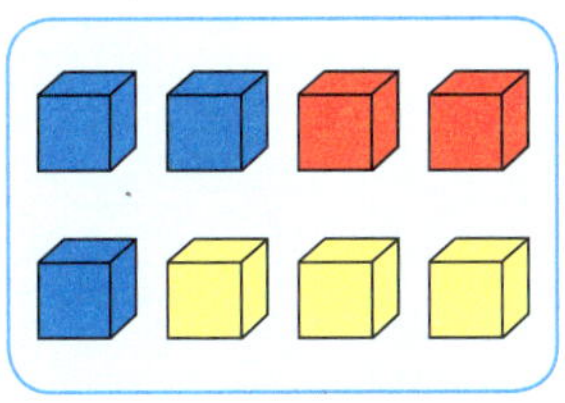

Setze einen gelben Würfel.

WIEDERHOLE SOLANGE BIS keine roten Würfel mehr da sind:
    Setze einen blauen Würfel auf den Turm.
    Setze einen roten Würfel auf den Turm.

Setze einen gelben Würfel auf den Turm.

77 **Sortieren durch Auswählen (selection sort):** Das ist ein einfacher Algorithmus zum Sortieren von Listen. Man betrachtet die Liste ab der Position, ab der noch nicht sortiert ist. Ab dieser Position sucht man in der Restliste die kleinste Zahl und tauscht sie mit dem Element an der aktuellen Position.

Die Zahlen in den Quadraten geben jeweils die Seitenzahl an, auf der der Begriff innerhalb des Heftes erklärt wird. Die Farbe des Quadrats ist die Kapitelfarbe.

77 **Sortier-Algorithmus:** Das ist ein Algorithmus, der die Handlungsschritte angibt, mit denen Elemente in eine bestimmte Reihenfolge gebracht werden. Sortieren durch
80 Auswählen und Bubblesort sind Beispiele für Sortier-Algorithmen (siehe auch dort).

42 **Speichermedium:** Will man seine Daten auch auf anderen Computern oder Geräten nutzen, braucht man einen Datenspeicher, den man mit sich herumtragen kann. Beliebt sind USB-Sticks und Speicherkarten. Man braucht aber den passenden Anschluss. (Siehe auch „Speichern von Daten".)

42 **Speichern von Daten** kann direkt auf dem Computer erfolgen oder auf einem Speichermedium zum Mitnehmen oder im Internet auf einer Cloud. Speichermedien
43 für den Computer sind digital. Die Daten sind mit Nullen und Einsen gespeichert. Gruppen von Nullen und Einsen können zu einem Wort oder einem Bild gehören. Sie sind in Dateien zusammengefasst. Auf dem Speichermedium liegen viele Dateien. (Siehe auch „Dateinamen".)

71 **Such-Algorithmus:** Das ist ein Algorithmus, der die Handlungsschritte angibt, nach denen man nach einer bestimmten Information sucht. Beispiele für Such-Algorithmen
74 für Listen sind die lineare Suche und die binäre Suche (siehe auch dort).

37 **Tablet:** Das ist ein tragbarer Computer, bei dem der Bildschirm den vorderen Teil des Gehäuses bildet. Die Tastatur ist direkt auf dem Bildschirm und man schreibt mit den Fingern oder mit einen Stift. Den Bildschirm nennt man Touchscreen.

48 **Verarbeitung:** siehe „EVA-Prinzip"

62 **Zählschleife:** Wenn eine Handlung oder eine Folge von Handlungen mehrfach nacheinander ausgeführt werden muss, kann man eine Zählschleife nutzen. Dazu schreibt
84 man „WIEDERHOLE __-MAL" und schreibt die Handlungsvorschriften, die mehrfach durchgeführt werden sollen, eingerückt darunter, also etwas weiter nach rechts. Man spart damit einige Schreibarbeit. Weil sich die Anzahl der Schritte, die ausgeführt werden, aber nicht ändern, dauert das Programm mit und ohne Zählschleife gleich lang.

Beispiel: Algorithmus und Programm für ein Quadrat mit einem Schritt Länge

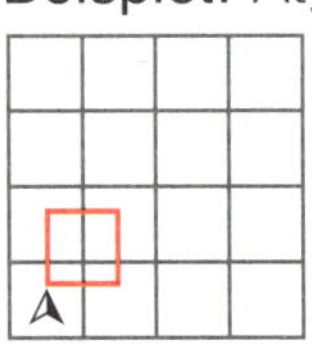

⮝
WIEDERHOLE 4-MAL
|– 1 –|
↱

Starte bei ⮝

WIEDERHOLE 4-MAL
gehe einen Schritt geradeaus
drehe dich nach rechts

27 **Zustand:** siehe „Bit" und „Entscheidungsbaum": Verschiedene Bitfolgen nennt man Zustände. Die Angaben in den Endfeldern des Entscheidungsbaums sind die Zustände.

Die Zahlen in den Quadraten geben jeweils die Seitenzahl an, auf der der Begriff innerhalb des Heftes erklärt wird. Die Farbe des Quadrats ist die Kapitelfarbe.